「ひぃ…っ、あぁぁ……っ」
待っていた射精の快楽は、深く強烈すぎた。深山に貫かれたまま祥は仰け反って悲鳴をあげた。

幾億万の歳の差も

花川戸菖蒲

Illustration
山田シロ

NOVELS

この物語はフィクションであり、実在の人物・
団体・事件等とは、いっさい関係ありません。

Contents

幾億万の歳の差も

「あ、あ…いや……、ぼ、くの、体……なにした……」

「なにもしていない。大事な祥《さち》におかしなことをするわけがない」

布団に組み敷かれた祥は、無駄だとわかっていても、深山《みやま》が恐ろしくて逃げを打った。クッと喉《のど》で笑った深山が祥の両手首を布団に押さえつける。寝巻の合わせが乱れ、はだけた祥の胸に、見せつけるようにゆっくりと深山が舌を伸ばした。べったりと舐《な》められ、軽く吸われたとたん、ぞくりと体がふるえるほど……感じた。

「あ、あ…っ」

舌先で転がされると、すぐにつんと硬くとがってしまう。腹の奥がキュンと感じて、自分のそこに血液が集まっていくのがわかった。信じられなかった。自分はこんな体ではないはずだ。なにより、人ではないものに体をいじられているのに、恐怖より快感が勝ることが信じられない。硬くしこった胸をクッと噛《か》まれ、軽く引っ張られる。ズクッと前が疼き、祥は身もだえた。

「あ、あっ、あっ…、嘘《うそ》、嘘……、僕の、あっ……、体……っ」

「そう。祥の体は快楽を知った……、それだけのことだ。ほら、どうだ……少し胸を可愛がっただけで……」

「あぁ……っ」

「もう濡《ぬ》れている」

淫《みだ》らに変わったのは祥の体のほうなのだと、思い知らせるように、深山の指が蜜《みつ》をにじませる祥のそこを撫《な》でる。塗り広げるように、継ぎ目や裏の筋をいじられて、祥はさらにとろりと蜜をこぼしてしまう。たまらなくなって深山の腰を膝《ひざ》で締めつけた。

「あ…あ、深山さ……深山さん……」

「よい子だ。こちらもわたしを覚えているな?」

祥の後ろに深山の圧倒的な大きさが押しあてられた。油も塗っていないのに、深山のそれはまるで、樹液がにじんだようにたっぷりと濡れている。けれど祥は怯《おび》えた。ほぐされてもいないのに、こんなものを受け入れたら体が裂けてしまうと思った。

「あ……、あっ、待って、いや……っ」

「祥、大丈夫だ、暴れるな」

「いや、あっあっ……、あぁっ」

またしても体が祥を裏切った。祥の後ろは、ぐっと腰を進めてきた深山を待ち望んでいたように、とろりと開いたのだ。体の中を深山でいっぱいにされる苦しさに祥はうめいたが、深山は従順な祥の体に満足したように、目を細めて言った。

「今宵《こよい》はこちらで愉《たの》しませてやろう。中で得る快楽のほうが深い。たっぷりと味わえ」

「いっ、あっ……、あぁぁ……っ」

祥の細い腰を摑《つか》み、深山はゆっくりと責めを始めた。白椿《しろつばき》の花に囲まれて、祥が抱かれる快楽に堕《お》ちるまで、たいした時間はかからなかった。

＊　＊　＊

桜《さくら》が満開だった。

これはきっと、入学式に合わせて満開になってくれたに違いないと、行平《ゆきひら》祥は深く納得して、桜の木を見上げた。

「そうでしょう？」

知人に話しかけるように祥は桜の木に言う。ところが、

『偶然ですよ』

という素っ気ない答えが聞こえた気がして、祥は苦笑してしまった。

「偶然といえば偶然ですよね、それはそうだな、毎年桜の開花は早まっているし、たしか去年も今頃が満開だったような記憶があるし、みなさんが入学式を気にする義理もないでしょうし」

独り言なのか、真面目《まじめ》に桜に語っているのか、判断がつかないふうに呟《つぶや》いている。周りに人がいないことが幸いだが、たとえ祥の奇妙な呟きを耳にした人がいたとしても、祥のことを「キモい」とか「変な人」とは言わなかっただろう。なにしろ祥は美人だった。

いまだかつて一度もカラーリングをしたことのない髪は艶《つや》やかな黒だ。髪質が欧米人に似ているのか、天然パーマというよりも天然ウエーブがかかっていて、前髪を下ろした七三分け、といった髪型なのに、なぜかオシャレに見える。すっと伸びている眉《まゆ》も天然なら、必要以上に瞳が潤んでいる、綺麗《きれい》な二重の目も天然だ。しかも姿勢正しく歩き方も美しい、着ている服だってトラッドど真ん中だから、一目でいいところの息子さんだとわかる。そんな祥が奇妙な独り言を呟いていたとしても、ほとんどの人は祥の美貌《びぼう》と良家のご子息オーラに気を取られて、「キモく」て「変」な言葉など聞き流してしまうのだ。

さてその外見で非常な得をしている祥は、入学式を終え、ガイダンスやらクラスでの自己紹介やらを終えて、はらはらと花弁を散らす桜を、うっとり眺めながら歩いていた。上野《うえの》公園を彷彿《ほうふつ》とさせる桜並木だが、大学構内だ。この大学は、都内にあるとは思えないほど広い敷地を有している。小高い丘が丸々大学の敷地で、まさに公園の中に大学がある、といった様子なのだ。都内では貴重な森なので、外門から中門までは、近隣の住人にも開放されている。在校生であろうが一般の人であろうが、ここで花見の宴会をすることは厳禁とされているので、みんなのんびりと昼下がりの散策をしていて、穏やかでとてもいい雰囲気だった。

空まで薄桃色にかすんでいるような桜並木があんまり見事で、ほう、と吐息をこぼした時だ。

「新入生？」

祥の前にすっと女性が立ちはだかった。新入生？　という言葉から、先輩だろうと察した祥は、こくんとうなずいた。

「そうですッス」

「そうなの。わたし、法学三年の海道《かいどう》真知佳《まちか》です。あなたのお名前は？」

「は、ええと……」

諸般の事情で名前を言うことはためらわれる。祥が困った表情を見せると、海道はにっこりと、うさんくさいほどの素敵な笑顔を見せて言った。

「あ、ごめんなさい、言いたくないならいいの。あなたがずいぶんぼんやりと歩いていたものだから、なにか悩みでもあるのかと思って」

「悩みは特にないですッス」

「それはいいことね。毎日がとても充実しているのね？」

「わかりませんッス。大学に入ったばかりだしじゃん、これからなにをするべきか、考えるところですッス」

祥の言葉はまったく変だが、海道は笑いもしないでうんうんと真剣に聞いている。そして少し眉を寄せて、心底祥の気持ちに共感したといったふうに言った。

「そうよね。自分のことをしっかりと知るのって、難しいの。受験勉強に追われて、立ち止まって自分のことを考える時間もなかったもんね？」

「勉強に追われてはいなかったですッスが、自分のことを考えたことはないですねッス」

「ね？　そしたらわたしたちのサークルに入らない？」

「サークルですかッスカ？」

「そう。自分のことを見つめ直して、自分をよく知ろうっていうサークルなの。きっとあなたにも悩みがあると思うの。ね？　そうしたことも、己をよく知ることで、どう生きるべきかがわかってくるの。……もうどこかサークルには入っているの？」

「いえ、入る予定はありませんじゃん」

「だったら話だけでも聞きにこない？　わたしたちがどんな活動をしているか、まず見てから、参加する、しないを決めればいいの。ね？」

「ああ、じゃあ……」

たしかに祥は、自分の中にたくさんの問題を抱えていた。特に、これから自分はどう生きていくべきか、という問題だ。祥は自分のことも、自分が抱える問題の根もはっきりとわかっていたが、しかしこの機会に今一度、客観的に自分を見てみるのもいいかもしれないと思い、海道についていこうとした。その時だ。

「ちょーっと待った～」

「……っ!?」

男の声がしたかと思うや、いきなり背後から抱きしめられて、祥は驚きすぎて硬直してしまった。腕は祥をがっちりと抱きかかえている。誰!?　なにごと!?　と思いつつ、そろりと仰のいて、唖然《あぜん》とした。見えたのは、あごだ。

（お、大きい……）

それが祥のまず思ったことだ。祥の身長は百七十に若干届かない。その祥が仰のいてあごが見えるということは、男は百九十に近い長身と思われた。しかも男からは、心が落ち着くよい香りがする。香水の類《たぐい》ではなく、もっと自然な感じのする香りだ。見知らぬ他人と身体を密着させているという異常な状況ながらも、男の涼やかな香りに祥の気持ちはすうっと落ち着く。こんなに大きな男を見るのは初めての祥は、感心して、じいっとあごを見上げてしまった。男が海道に言った。

「こいつはウチの信者なんだよねぇ、勝手に引き抜こうとしないでもらえる～？」

信者？　男の言葉を聞いて、祥はあごを見上げたまま言った。

「僕はどんな信仰も持っていませんじゃん。人違いではありませんかッスカ」

「……ありませんかッスカ、って……」

祥の奇妙な言葉遣いに、もちろん男は噴きだした。

「ちょっと、何語なの、それ～？　ウケる～っ」

「な、何語ってっ、日本語ですじゃん！　失礼じゃないですかッスカっ」

「いや、違うでしょ、それ～、マジ超ウケる～」

男はゲラゲラと笑う。祥は会得したつもりの若者言葉を笑われて、顔を真っ赤にした。どこがおかしいのかわからないが、それを質問したら、若者言葉を駆使できないことがバレてしまう。どうすれば、と必死になって考えていると、海道が険をはらんだ声で男に言った。

「信者って、あなたはどこの教えの方なの？」

「あ、俺？」

男はニヤリと笑って海道に答えた。

「椿山《ちんざん》教だけど〜？」

「チンザン教？　聞いたこともないわ。あなたこそでたらめなことを言って、その人を怪しげな団体に引き入れようとしているんじゃないの？」

「怪しげねぇ」

「そうよ。きみ、こんなでたらめな人についていったら危ないわ。悩みがあるのだったら、わたしたちのサークルにいらっしゃい。わたしたちはどんな悩みにも真剣に耳を傾けるわ。だから、…」

「聞くだけだったら猫でもできる〜」

海道の気持ちをおろし金で逆撫でするような口調で、男が海道の言葉をさえぎる。海道はほぼ四白眼となるほど見開いた目で男を睨《にら》みつけて言った。

「どこまで失礼なの？　わたしたちは仏教の教えに基づいたちゃんとしたサークルで、…」

「ほうほう、仏教ですか」

男は、それまでのとぼけた表情から一変、ニタリと、それはそれは意地の悪そうな笑みを浮かべて海道を見つめた。

「だったらよけいに間に合ってるよ。仏の教えなんか、そちら様にお聞きするまでもない。百パー、俺のほうが詳しいね」

「いい加減なことを言わないでちょうだい」

「いい加減だなんて、決めつけないほうがいいんじゃなーい？　こう見えても俺は、高野《こうや》や身延《みのぶ》、奈良《なら》のお山のヌシたちと、そりゃもう昵懇《じっこん》なんだわ」

「呆《あき》れるわ。誰がそんなでたらめを信じると思ってるの？」

「だからね、でたらめじゃないんだよって。なんなら講堂で、そちら様の一番偉ーい人と、公開問答でもしましょうか？」

「そんなことできるわけが、…」

「んー？　俺は全然構わないよ〜？　ただし、あんたはうっかりにしろ仏の名前を出した。俺との問答で、あんたたちがそれこそでたらめブッこいたら、天罰下るよ。それでもいい〜？」

そう言って、男はまたしてもニタリと笑った。男自体を不気味に感じた海道は、一、二歩あとじさると、パッと後ろを向いて走って逃げていった。

「……なんかあれじゃ俺が、変質者みたいだよねぇ……」

祥の頭上で、ボソリと男が言う。祥はぽかんとしていたが、男の言葉にはこっくりとうなずいた。

「なぜあなたを怖がったんでしょうねッス」

「わかりませんけどねぇ。とにかく、あれはカルトな人たちだよ」

「……えっ」

「だからついていったらダメよ。きみなんか特に、上カモにされちゃうよ」

「そんな危機的状況だったんですねッスカ……」

「……ホント、笑うからその喋《しゃべ》り、やめて」

男はプププッと笑い、ようやく祥を抱きしめていた腕を外してくれた。祥は振り返って、きちんと男を正面から見上げて礼を言った。

「危ないところを助けていただいて、ありがとうございましたッス」

「…だからさ、その喋り、やめてってば」

笑いを噛み殺したような男の声が降ってくる。なにが面白いのかわからない祥は、真っすぐに男を見つめて尋ねた。

「僕の話し方がどうかしましたかッスカ？」

「だからっ、笑うんだって、超ウケるのっ。なんでそんな変な喋り方するの」

「へ……、変!?　いや、変じゃないですッスっ」

「いや、もう、超変なんだけど」

「さっきも言いましたが、へ、へ、変じゃないですじゃんっ、立派な若者言葉ですッスっ」

祥は顔を真っ赤にして反論した。

祥は中高の六年間、寮住まいだった。当然周りは若者言葉のネイティブスピーカーだらけという環境で、それを六年間、みっちりと聞き続けてきた。そうして「若者言葉の構造」を自分なりに解明し、晴れて大学生になった今、つまり祥の素行を監視する目がなくなったまさに今、ふつうの若者らしく若者言葉を駆使し、ふつうの若者らしくキャンパスライフを楽しもうとしているのだ。それなのに！

「あ、あなたこそ、若者言葉がなっていませんじゃんっ」

「ホント、超ウケるーっ！」

男はゲラゲラと笑い、祥の頭をよしよしといったふうに撫でて、言った。

「自己紹介が遅れてましたー。俺は深山。深山つかさっつーの。きみのお名前を聞いてもいい？」

「あっ、はいっ、僕は行平祥といいますッス」

「……サチ？　幸福の幸って書くの？」

「いえ、吉祥の祥と書いて、サチと読みますッス」

「祥、か……」

呟いた深山が、なぜかひどく申し訳なさそうな苦笑を見せた。初対面なのに、どうして深山がそんな表情をするのか祥にはわからない。不思議な人だと思いつつ、じっと深山を見つめた祥は、今さら深山が男前であることに気がついた。

男らしくキリッと伸びた眉に、一歩間違えたら冷酷に見えそうな切れ長の目をしている。がっちりと筋のとおった鼻、これまた男らしい、少し大きめの口。全体として、色気のある男前、といった容貌だ。髪も祥と同じように漆黒で艶があって綺麗だが、残念なことに、肩につきそうなほどの長髪で、それがまた、確実に自分で切っているだろうと思われるほどのザンバラぶりなのだ。きちんと床屋で散髪をすれば、輝くばかりの美丈夫になるだろうが、しかし逆の見方をすれば、このザンバラ髪のおかげで深山の美貌が減殺されて、近寄りやすくなっているとも言える。

ともかく祥は、生まれて初めて、お世辞抜きで綺麗な男という生きものを目のあたりにして、感心して、はあ、と吐息をこぼしてしまった。

「深山さんは、とても綺麗なお顔立ちをしていますねッス」

「そっすか？　でも祥のほうが綺麗だよ」

「ああ、えぇと……」

いきなり名前で呼ばれてとまどうと、深山はニッと笑って祥の腕を引いた。

「おいでよ。一人で歩いてたらまた変なのに捕まるよ。学内を案内してあげる。それとも用事がある？」

「いえ、暇だし、帰ろうと思っていたところですッス。ぜひ案内をしてくださいッス」

「オッケー。中門から入ると前庭のサークル勧誘がうっとうしいから、東門のほうから行きますか」

深山の言葉に祥ははいとうなずいて、桜並木の下をくぐって庭……ほとんど山だが、そちらへと道を外れた。

桜は満開だが、ほかの木々は、一斉に若葉を伸ばすにはまだ早いらしく、山の中は落ち着いた深緑色をしている。どこかに花をつけている木でもあるのか、かすかに甘い香りがする。いい匂い、と思った祥が深呼吸をすると、深山がふふっと笑った。

「いい匂いでもする？」

「はいッス。見えないけど、どこかで花が咲いてるんでしょうねじゃん」

「そうだね。……まあ、雪柳《ゆきやなぎ》は香らないけどね」

呟いて、深山は柔らかくほほえんだ。祥はふっと顔を上げた。

「なんですかッスカ？」

「え、なに？」

「あ、いえ……、失礼しましたッス」

深山の声ではないのなら、周りの木々が話しかけてきたのだろうか？　そう思った祥が周囲をゆっくりと見回すと、深山がクスクス笑う声が、今度ははっきりと聞こえた。挙動不審に見えただろうかと焦って、祥は慌てて話題を探した。

「あの……、先ほど怪しげな勧誘から助けてくださった時、言っていましたけど、深山さんは仏教に詳しいんですかッスカ？」

「いや、全然」

「……えっ、じゃあ嘘をついたんですかッスカ!?」

「まさかぁ。俺は、俺に嘘つくヤツには天罰食らわすっつーくらい嘘つきは嫌いなんだ。だから俺も嘘はつきませんっと」

ふふふと笑って深山は続けた。

「高野や身延のお山さんと友達なのは本当だもん。つけ加えるなら、俺の言うお山の主は坊主じゃないけどね」

「えっ、じゃあお山さんって、その土地に住んでいる方とか、その土地に詳しい方とか、そういう意味で言ったんですかッスカ!?」

なんていい加減な人なんだと祥は目を丸くした。本当に問答などしたら大変なことになるところだ。祥がそう言うと、深山はフフンと鼻で笑った。

「問題ナシ。ほんの二千五百年前に死んだヤツの言葉なんか、そらんじられるもん」

「えっ、仏典をそらんじられるんですかッスカ!?」

祥は非常に驚いた。この人はすごい教養を持っているのかもしれないと、感動に近いほど感心して、深山を見上げて尋ねた。

「素晴らしいですね、深山さん。何年生なんですかッスカ？」

「あー、と。今年で三年の裏かな」

「……裏？」

「そ。一年を裏表、二年も裏表、三年の表をやって、今年、裏に突入したところね」

「各学年を几帳面《きちょうめん》に留年してたんですかッスカ!?」

「そうなるねぇ」

「……」

祥は、呑気《のんき》に答える深山をまじまじと見つめた。観察といったほうがいい見つめ具合だ。

（とても理知的な瞳……。雰囲気も大人っぽいし、とても遊び惚《ほう》けているような人には見えない……）

冷静にそんなことを考えていると、なに？　と深山に聞かれた。祥は深山を見つめたまま、少し首を傾《かし》げて真面目に言った。

「深山さんは、学ぶことが好きだから、長く大学に留まっているんですかッスカ？」

「あら。お利口さんに思ってくれて感謝～。でもそうじゃないんだ。人を待ってた」

「人？」

「そ。今年ようやくその人に会えたからね、もう大学に居座らなくてもよくなった」

「はあ……。変わった理由ですねッス」

正直に祥がそう言うと、深山はニイッと笑い、じっと祥を見つめて答えた。

「祥を待ってたんだ」

「……、え!? 僕を!? でも僕は深山さんとは面識がありませんッスっ、それなのにどうして僕を!?」

驚く祥に、深山はヒヒヒと楽しそうに笑い、さてどうしてかねぇ、と答えた。そのとぼけたような口調から、冗談か、と察した祥は、「行平祥」のことを知らない深山に安堵《あんど》した。深山なら、ただの新入生として自分を扱ってくれるだろう。そう思った祥がほほえむと、そういえばさぁ、と深山が言った。

「祥は何学部なの」

「僕は文学ですッス」

「ふうん? 文学が好きなの? 日文? 英文? 仏文?」

「日文ですが、特に文学が好きというわけではないですッス。保護者の意向で、経済と経営の勉強は許されないんですッス。だからといって法学は僕の頭では無理なので、消去法で文学を選んだだけですッス。僕は、特にこれを学びたい、というものがないのですじゃん」

「んー。じゃあ実は大学に進みたくなかったのかな? サクッと社会に出て、働きたかった?」

「いえ、それもないですッス。僕は就職先もすでに決まっているんですッス」

「……それも保護者の意向、つーか、ぶっちゃけ、コネ?」

「そうなるでしょうねじゃん。そしてこれまた保護者の意向で、大学は卒業するように言われているんですッス。さっきも言いましたが学びたいことはないし、僕は付属校だったので、持ち上がりでここに入学しただけなんですッス」

「……祥はそれでいいの？」

そう尋ねる深山の口調は、主体性のまったくない祥を責めるものではなかった。むしろ、気遣っているような優しい口調だ。祥はまたほほえんで答えた。

「いいとか悪いとかじゃなくて、こうするしかないからですッス」

「うーん……。こりゃあ、本当にイカンなぁ……」

呟いた深山は、深い深い溜《た》め息をこぼした。祥の頭をくしゃくしゃと撫でて、またしても申し訳なさそうな微苦笑を浮かべて言った。

「ま、なんとかしますよ」

「……なにをですかッスカ？」

「んー？　まず手始めは、祥にその変な喋りをやめさせることかな」

「へ、変じゃないって言ってるじゃないですかじゃん！」

「変です、超変、マジありえねーくらい変だよ」

「そんなはずないですッス、これはれっきとした若者言葉で、…」

「違う。祥のそれは、若者言葉を真似《まね》したつもりでスベりまくってる、オヤジの喋りだよ。普段はしない言葉遣いってのがモロバレ、てゆーか、なに無理しちゃってんの祥、超引くんだけど、て感じ」

「……っ！」

カアアッ、と祥は顔を真っ赤にした。それでもなんとか反論を試みる。

「そ、そんなことないですッス、みんなこういうふうに喋ってますじゃんっ」

「あのね。『ッス』のつけかたも、『じゃん』のつけかたも、はなはだ間違ってるんですよ」

「嘘……」

「俺は嘘は言わない。『ッス』は『です』の若者短縮形。つまり、ですッス、つーのは、ですです、と言ってるのと同じなの。ね？　自分がどんだけ変な喋りしてたか、わかった？」

「は……、はい……」

「正しい若者言葉を会得したいなら、俺がバッチリ教えてやる。だからそのヤバいくらい変な喋りはやめな」

「はい。よろしくご教示ください」

大真面目に言って、祥は頭を下げた。深山ははははっと笑うと、またしても祥の頭を撫でながら静かに言った。

「ま、見事若者言葉を会得したとしても、結局祥はみんなから浮くよ」

「……」

祥はギクリとした。六年間、人から見たら馬鹿らしい努力をしてまで若者言葉を身につけたいと思った、その理由を深山は知っているのだろうかと疑った。深山の顔が見られなくなり、祥は真っすぐに前を向いて、そうっと尋ねた。

「やはり以前、深山さんとはお会いしていましたか……？」

「いーや、初対面ですけどね。祥は美しすぎるんで、みんなから浮くと言いたいわけ」

「……は？」

祥はぽかんとしてしまった。男の自分に向かって美しいというのなら、それは男性美をさしての言葉だろう。けれど自分は男性美とは対極にいる。肩幅も胸囲も足りないし、逆三角形どころか、まるで竹のような体型をしているのだ。そういう点でなら、深山のほうが男性美という言葉が似合う。

祥が正直にそう言うと、深山はおかしそうにククックッと笑って答えた。

「外見のことじゃないよ。まあ、祥は見た目も上等だけど、なによりたたずまいがね。祥は美しい」

「ああ、そういうことですか。でも、姿勢がいいのはいいことだと思います」

「たたずまいと姿勢は違うでしょー」

深山は今度は声を立てて笑った。

山の中のような外庭を回って東門を入る。深山が、門を入ってすぐ目の前の建物を、小講堂だと教えてくれた。

「大講堂ほど人を集めない催しに使うの。で、向こうに見える、白いボロい木造の建物は旧図書館。有名な建築家が設計したっつーことで、今、保存のための修理中。だから立入禁止です」

「はい。そうすると今の図書館はどこになるんですか？」

「よい質問です。方向としては北側です。これから案内するけどさ、大雑把に言えば、ここからは遠いです」

「はあ、なるほど」

本当に大雑把な説明だ。しかしこれから案内してくれるというのだから、深山に任せておけばいいだろう。そう思った祥は、自分がすでに深山を「信用」していることに気づいて驚いた。これまでは、どんなに親切にしてくれる学友がいても、必要以上に親しくならないように、「クラスメートの関係」からはみ出さないようにしてきた。それが自分にとっても、相手にとっても、一番安全だと思っているからだ。それなのに、ついさっき出会ったばかりの深山には、すでに用心をする気がなくなっている。

（……深山さんの目が優しいからかな……）

そっと深山を見上げた。うん？　と言って祥を見下ろしてくる目は、やはり優しい。この穏やかな目で見つめられると、なぜか気持ちが落ち着く。損得が先にたつ人間の、あの小狡《こずる》そうな光は、深山の瞳にはひとかけらも見られない。深山さんはいい人だ、もしかしたら、初めての友人になってくれるかもしれない、と思い、祥は真っすぐに深山を見上げて言った。

「僕は入学したばかりなので、まだ一人も知り合いがいません。もし深山さんがよければ、これからもこうして、親しくさせていただいてもいいでしょうか」

「はい。喜んでお友達になりましょう」

「友達……、はい、あの、はい、よろしくお願いしますっ」

深山のほうから友達になろうと言ってもらえるなんて、思ってもいなかった。なにしろ初対面だし、先輩だし、自分より五つも年上なのだ。けれど祥は深山と親しくなりたいと思った。初めて、思っていることを正直に言ってもいい人に出会ったと、そう感じたからだ。

祥は嬉《うれ》しくて、ふふっと笑って深山に尋ねた。

「深山さんは、学部はどこなんですか？」

「あー。いちおー、祥と同じ、文学。でも講義はぜぇんぜん出てない」

「えっ、授業を受けないんですか!?　じゃあテストも!?　それでよく進級できましたねっ」

「うん。俺は特待生だからね」

「特待生……」

特待生とは、いったいなんの特待生なんだろう？　首をひねる祥に、深山はふふっと笑って言った。

「俺、裏口入学だから、成績とかカンケーないのよ」

「う……裏口!?」

とんでもないことをサラッと口にする深山だ。驚いた祥が深山を見上げると、深山はニヤニヤと薄笑いを浮かべている。本当なのか冗談なのか判断がつかない。掴み所のない深山に、祥がうーんと考えこむと、頭上で深山が小さく笑う声を聞いた。ふっと顔を上向けた祥に、深山は、まるで老爺《ろうや》のような深い眼差《まなざ》しを向けて言った。

「祥はちゃんと自分の耳で聞いて、自分の目で見て、自分の頭で考える、いい子だね」

「……ええと……？」

「祥は全部が美しい子だ。俺は祥が性根の汚れた子だったとしても、文句を言える立場じゃないけどさ、祥が美しい子で本当によかったよ。嬉しい」

「……あの、意味が……」

「まあまあ、聞き流してくれてオッケー」

困惑する祥に深山はニイッと笑ってみせ、そういえばー、と続けた。

「祥は自宅から通ってるの？」

「あ、いえ、今は一人暮らしです」

「そうか。……よかったねぇ」

「……ええと、なにが……」

「いや、一人暮らし。今、祥、嬉しそうに笑ったからさ。ずっと一人暮らし、したかった？」

「はい」

「そっかぁ。……今が一番、幸せ？」

「はい。今が一番幸せです」

祥はにっこりと笑ってうなずいた。本当に幸せそうなその表情を見て、深山は逆に、申し訳なさそうな微苦笑を浮かべた。祥には聞こえないほどの小声で呟く。

「しかし、この程度の幸せでは許されますまい」

うむ、と自分自身にうなずき、深山は声の調子を明るくして言った。

「ごはんはどうしてるの？　まさか自炊とか？」

「いえ、僕はまったく家事ができないんで。三食とも外食ですね」

「じゃあナイス情報、教えちゃう。ウチの学食、朝食サービスもやってんだよ。安い、ほどほどに旨《うま》い、栄養バランスがいい。どう？　毎朝一緒に、ごはん食べない？」

「え……、深山さんと一緒に？　本当に一緒に!?」

「俺は嘘はつきません。本当に、一緒に」

「はい、ぜひっ、ご一緒させてくださいっ」

嬉しくて、祥は頬《ほお》を紅潮させて頭を下げた。実家にいた頃のように一人で食べるのでもなく、寮生活時代の上辺だけの友人と食べるのでもなく、本当の意味で好意を持った誰かと、初めて食事をともにできるのだ。きっとそれは、想像以上に楽しいだろう。

深山はそんな祥に慈《いつく》しむような微笑を向けて、ぽんと頭に手を置いた。

「んじゃ明日から、朝ごはんは一緒にね。これから学食を案内するねー。ついでにお茶しましょつか」

「はいっ。一緒のお茶、楽しみですっ」

誰かとお茶をするのも、また初体験だ。祥はさらに頬を紅潮させて、深山から、可愛いねぇと笑われた。


正門から続く桜並木は、濃い緑の葉を茂らせて、歩道に涼やかな陰をつくっている。

七月。

前期試験が目前に迫っているとはいえ、夏季休暇はもうすぐだ。レポートや勉強に追われる学生と、夏休みのプランをすでに立てて浮かれる学生と、特にふだんと変わらない学生と、きっぱりと雰囲気が分かれているのが面白い。そして祥自身は、ふだんと変わらない学生の一人だ。

その朝も祥は、噴水広場に面している、カフェテリアと呼ばれている学食にやってきた。本日は二限からだが、たとえ四限からであろうとも、朝食はここへ食べにくる。深山との朝ごはんは、すでに祥にはなくてはならないものとなっていた。誰かと一緒に食事をする楽しさを覚えてしまったからだ。

朝食サービスは和食と洋食の二メニューある。祥はお決まりの和定食を注文し、ごはん、味噌《みそ》汁《しる》、納豆、海苔《のり》、生卵、漬物が載ったトレイを、慎重に窓際のテーブルに運んだ。椅子《いす》に座って、そっと味噌汁を飲んだところで、深山がやってきた。

「おはよ」

「おはよう」

向かいに腰かけた深山に、ニコッと笑って祥も言う。すでに友人同士の口調だ。だいぶ前に深山から、タメで話して、とお願いされて、ぎこちなくそうしていたら、いつのまにか丁寧語抜きで話せるようになっていた。もちろん、先輩や同級生の前では、祥はきちんと深山を立てて、下級生としてふるまっている。祥はいたずらそうに笑って深山に言った。

「前から思ってたんだけど、僕がお味噌汁を一口飲んだところで、必ず深山さんが来るよね。もしかして僕のこと、見張ってる？」

ふふふと笑って言う祥に、深山も微笑して答えた。

「見張ってるんじゃなくて、見守ってるの」

「なにそれ。見守ってるって言うなら、教室でも見守っててよ。四月から一回も深山さんを教室で見たことないよ。それどころか、棟内でも見かけない。本当に授業、まったく出てないの？」

「出てないよー」

「じゃあまさか、朝ごはんだけ食べにきてるの？　そんなわけないよね？」

「いやぁ、祥の授業が終わるまで図書館にいるよ。で、祥が無事に門を出てから、俺も帰ります」

「……なんでそんなことを!?」

祥は仰天した。異常なほどの過保護な親ではあるまいし、そんなことをする意味も理由もわからない。目を見開く祥に、深山はほがらかに笑って答えた。

「どうせ見守るなら近くで見守ってたほうがいいでしょ」

「いやいや、意味がわからない」

祥は真顔で首を振ったが、深山ははははと笑うばかりだ。冗談か、と祥は苦笑した。深山とは三ヵ月付き合っているが、未《いま》だに深山のことが掴めない祥だ。海苔で巻いたごはんを口に運び、祥はやっぱり真顔で言った。

「どうせ学内にいるなら、ちゃんと授業に出ればいいのに」

「だーって、今さらなにをベンキョーしろっていうのよー」

「それは……、そうだけど……」

祥は口籠《くちご》もった。深山の言うとおり、国文に関しては深山の知識は半端ではないのだ。それも古典になればなるほど強い。レポートの資料なども、講師が「この本にたどりつけさえすれば、正解が出せる」と考える本を、パッと教えてくれる。またある時は万葉集の詠《よ》み人知らずの句を指して、「これを詠んだヤツはすごくいいヤツなんだ。道端で野垂れてた子供に自分の乾飯を分けてやってた」と、まるで見てきたように言ったりして、どこから仕入れてくるのかわからないが、その知識の深さに祥はいつも驚嘆するのだ。その代わり経済には滅法弱い。一般教養の範疇《はんちゅう》のことでさえ、「外国《とつくに》のヤツの言ったことなんか知るか」と、なぜか偉そうに言うのだ。

「深山さん、国文の研究者にならないの？　それだけ知識があるんだから……」

前向きな意見を祥は言ったが、深山はククッと笑って首を振った。

「俺が学者になったら、全国の国文学者を震撼《しんかん》させちゃうよ。揺るぎないと思われてる定説を、十個はひっくり返せるもん」

「……本当？　冗談？」

「さぁ、どうかねぇ」

目を見開く祥に、深山はヒヒヒと笑って生卵をごはんにかけた。

「そいや夏休み、祥はどうすんの？　どっか旅行に行く計画とかあるの？」

「ううん、なんにもないよ。大学に来ないだけで、いつもどおり」

「ふうん。朝起きて、ごはん食べて、本読んで、お昼ごはん食べて、本読んで、晩ごはん食べて、本読んで？」

「そうなるかな。ああ、散歩はすると思うけど。若者がよく行く場所は、一通り見学しようと思ってる」

「涙ぐましい努力だねぇ。そこまでしてフツーの若者っぽくなりたいなら、フツーの若者と、フツーに友達になったほうがいいんじゃない？」

「うん。そうは思うけど、なかなかね……」

「祥が望むなら、良質な友達候補を見繕ってあげるけど？」

「やめてよ。僕の祖母みたいだ」

抑圧に近いほど祥に干渉してきた祖母の顔を思い浮かべて、祥は微苦笑をした。深山は、ごめんね、と小声で謝って、尋ねた。

「んじゃ実家には帰らないんだ？」

「うん。帰ってこいとは言われてないし、僕も帰りたくない」

祥がきっぱりと言うと、深山は理由も聞かず、嬉しそうに笑った。

「うん。そのほうがいいね」

「うん……、でもなんで深山さんが嬉しそうなの」

「ん？　だって祥が、初めてはっきりと、こうしたい、って言ったからさぁ」

「……」

え？　と祥は思った。そうだろうか、自分は今まで、こうしたいと言ったことがなかっただろうか。ただの一度も？

(たとえば……、たとえば、えぇと……たと、えば……)

たとえば、のあとが出てこない。どんな小さなことでもいいのに、自分から『こうしたい』と言った記憶がないのだ。祥は、迷子になったことに気づいていない子供のように、ぼんやりと深山を見つめた。

「深山さん……、僕……」

「うん。ま、初めの一歩ね。これから祥の世界はどんどん広がる。そうすりゃやりたいことなんか、次から次と泉のように湧《わ》いてきますともぉ〜」

「僕の、世界……」

「そうだよ。まー、とりあえずさぁ、夏休み、祥の家に遊びにいってもいい？」

「え、僕の家に……？　え、あっ、うんっ、もちろんっ」

「お、可愛い。ホッペがパッと赤くなった。そんなに俺が遊びにいくの、嬉しい？」

「嬉しいよ」

にっこりと笑って祥は答えた。

「自分で選んだ友達を部屋に呼ぶのは初めてなんだ。だからすごく楽しみ」

「んー、俺はなにを期待されてんだろう。とりあえず猥談《わいだん》しようか？」

「したいなら付き合うよ。なんでもいいんだ、とにかく、若者らしいことがしたい」

「んじゃ夏休み、渋谷《しぶや》へでもナンパにいきますか？」

「いや、それはやめておくよ」

「なんで？　彼女できると楽しいよ？　祥もそろそろケーケンしたいんじゃないの？」

「興味ないって言ったら嘘になるけど。でもとにかく、異性はNG。そうじゃなくてもっとほかに若者らしい……、ねえ、夏休みの若者ってなにするの？」

祥の真面目な質問に、深山は卵かけごはんを噴き飛ばして笑った。ちらりと腕時計を見た祥は、カタンと立ち上がりながら言った。

「そろそろ教室に行くよ。あと三十分で二限が始まる」

「どこ？　三号棟？　じゃあ途中まで一緒に。俺は図書館に直行～」

カフェテリアを出て、三号棟へ向かって歩く。まだ午前十時だが、セミの声がうるさいほどだ。巨大な糸杉がぽつんぽつんと植えられている歩道も、日陰らしい日陰がない。たちまち額《ひたい》に汗がにじみ、それをぐいと拭《ぬぐ》って祥は言った。

「……あのさ。僕の授業が終わるまで図書館にいるって、本当？」

「本当かどうか、見にきたら？　そしたら帰りにかき氷おごったげるよ」

「本当に!?　僕、かき氷って食べたことがない……」

ふと、祥が言葉をとぎらせた。同時にピリッと緊張する。それが深山にも伝わり、おや？　と思った深山が祥の表情を窺《うかが》うと、それまでの柔らかな表情が消え去って、プリンススマイルとでもいうのか、万人向けの、つくられたほほえみが浮かんでいた。こりゃなんだ？　と深山が内心で首を傾げた時、男女数人のグループが向こうからやってきて、中の男子学生が、行平くん、と弾んだ声をあげた。

「今日、一限、なかったの？」

すっと祥の正面に立ち、ことさら親しげに尋ねた。祥はプリンススマイルを崩さずに、おっとりとうなずいた。

「そう。泉谷《いずみたに》くんも？」

「俺たちは一限が早く終わったんで、お茶でも飲もうかって。それにしても、行平くんに会うのは入学式の時以来？　学部が違っちゃって、前みたいにつるめなくて寂しいよ」

「そうだね。泉谷くんはたしか……」

「法学」

「そうだったね。まだお父様の手伝いをする気は起きないの？」

「冗談。親父の事務所に入ったら、一生こき使われるよ。俺は左田《さだ》先生の事務所に入れてもらうんだ」

「そうだね。左田先生のところなら、いろいろ経験が積めそうだね」

「さすが、行平くんはよくわかってる。将来、なにかあったら俺を頼ってほしいな。それまでに力つけとくから」

「ぜひお願いするね」

これまた上品に祥がほほえむ。泉谷は「祥と懇意」であることに得意そうに小鼻を膨らませたが、自分よりも祥と親しげな深山が気になって仕方がないらしく、ちらりと深山に視線を向けると、とうとう祥に尋ねた。

「こちらのかたも、行平くんの友人？」

「いや、先輩なんだ。僕と同じ学部の三年生」

「へえ……」

「とても国文の知識が豊富で、深い教養を持っていらっしゃるんだ。それでいろいろと教えていただいてるんだ」

「そうなのか……。ああ、その、個人的にも…、親しいの？」

「学内でお会いした時は、よくお話をさせていただいているよ」

「ああ、そういう……」

その程度の付き合いか、と理解した泉谷は、曖昧《あいまい》な微笑を浮かべておざなりに深山に会釈をした。けれど、深山に向ける視線には若干の敵意が混じっている。それを認めた祥は、溜め息の代わりにそっと視線を落とし、それからまた、プリンススマイルを浮かべて泉谷に言った。

「じゃあ僕たちはこれで。授業の前に図書館に寄るので」

「ああ、うん。まあまた飲み会誘うからさ、行こうよ」

「ありがとう、その時はぜひ」

今まで一度もそんな誘いには乗ったことがないし、これからも乗るつもりはない祥だが、にっこりとほほえんでうなずいた。泉谷と、祥に興味津々といった表情を見せている周りの友人たちにも会釈をして、その場を離れる。一緒に歩きだした深山がちらりと泉谷を見れば、泉谷はあからさまに、深山を羨《うらや》むような、それでいて腹立たしそうな表情……、つまりは嫉《そね》みの表情を見せていた。深山はふっと笑って、小声で祥に言った。

「面倒そうなお友達だねー」

「あ、ごめん……」

泉谷たちとだいぶ距離が離れてから、祥は深山に言った。

「深山さんのこと、ただの先輩って言っちゃって」

「そんなの、俺は気にしないよ」

「うん。深山さんは僕にとって、すごく大切な先輩だし、こういったら気分を悪くするかもしれないけど、本当の本当に大事な友達だと思ってるんだ。でも、彼らの前で、そう言うのは、ちょっと、まずくて……」

「うん。わかってるよ」

ふふふっと深山は笑って、ポンポンと祥の頭を叩《たた》いた。

「祥は行平の家の長男だもんねぇ。いろいろ大変だよねぇ」

「……」

祥はギクリとした。深山はやはり自分のことを知っていた……？　祥がなんでもない顔をしながら、ふっと、薄氷のような緊張感をまとうと、それを感じ取った深山は、大丈夫、大丈夫というふうに祥の頭を撫でて言った。

「祥はここの付属の中高出てるじゃん。当然、祥の先輩や同級生も、この大学にいるわけよ。だからいやでも祥の話は耳に入る」

「……僕の、話って……？」

「そうねぇー、祥のお父さんはメガバンクの頭取さんだったってこととか、叔父さんは私鉄線グループの社長さんだとか、もう一人の叔父さんは大手電機会社の社長さんだとか、祥のお家《うち》自体が、あっちゃこっちゃの大企業と血縁、株縁つながりで大金持ちだとかー」

「うん……」

「一言で言うなら、祥は事業家一族の長男の息子さん、つまりー、行平一族、本家の跡取り息子さんっつーことは知ってるよ。それが祥の周りのお友達にとって、どーゆー意味を持ってるかも、察しはつくねぇ」

「……そう？」

「そ。祥と懇意にしておけば、将来いいことありそうってさ。欲得ずくで祥のお友達の顔をしてる同級生がいっぱいいるんでしょ」

「……」

そのとおり、と言う代わりに祥は微笑した。綺麗だが、あんまり透明すぎて悲しく見える微笑を浮かべて、祥は言った。

「……深山さんが思ったとおり、僕が行平の長男だから、親しくしたいって思ってる同級生はたくさんいるよ。でも、今の僕に取り入っても、なんのメリットもないんだ。なんでそれがわかんないのかなって、いつも思う」

「そうだね。お父さんは祥が十歳の時に亡くなってるもんね。お母さんが亡くなったのは、三歳の時。だったよね」

「うん……」

それもまた同級生たちからの情報だろうと思い、祥は小さな溜め息をついた。

「本当にみんな、なにか勘違いをしてる。僕は家系の上では行平本家の長男だけど、それだけだよ。みんなが期待するような力は、僕にはない」

「なんで？　だってお家、継ぐんでしょ？　そしたら経済界にも政界にもバンバン顔が利くじゃないの。みんなそれを期待してるんでしょーよ」

「だから、それが間違ってるんだって。僕が小学校に上がる年に父が再婚したんだ。すぐに弟が生まれたからね。その時点で僕の、行平の長男という価値はなくなった」

「……義理のお母さんが、女王様みたいになったんだ？」

「んー……、祖母はもともと、サラリーマン家庭の娘だった母を、行平の家に迎えるのはいやだったみたいで。義理の母は政治家一族のお嬢さんだから、僕の母よりよっぽど行平の家にふさわしいってことで、弟が生まれてからは、弟を長男として扱ってるしね」

「……だから、中学、高校と、あんな山の中の寮に追い払われちゃったのね。厄介払いの見本だねー、祥のばあちゃんもまあ、実の孫によくそんなことできたもんだ。よくグレなかったねぇ」

「だって、グレるにも度胸がいるでしょう。僕にはそんな度胸はないよ。安全な家と寝心地のいいベッド、それに三食きちんと出してくれる誰かがいないと、僕は生きていけないってわかってたし。まあ、楽な生活を手放してまでやりたいこともなかったし」

くすくす、と祥は笑った。思春期の子供の成長過程としてはありえない、覇気のなさと諦念《ていねん》に満ちた無色世界だ。深山はひどく悲しそうな表情でそっと溜め息をこぼした。

「…俺としたことが、どこで間違えたんだろう……」

「うん？」

「帳尻《ちょうじり》は合わせるから。大丈夫だよ、祥」

「帳尻……？　え、なんの話？」

祥は眉を寄せて尋ねたが、深山はふふふと笑って祥の髪をかき回すだけだった。

特別棟の角を曲がると、向こうに見える三号棟まで、針槐《はりえんじゅ》の並木が続く。木陰に入った祥はホッとして、それから、針槐に小さくほほえんで会釈した。そんな祥に深山も微笑を浮かべて尋ねた。

「前から思ってたんだけどさ。いつもなにに挨拶《あいさつ》してるの」

「あ……、うん、その……」

めずらしく祥は口籠もった。深山に教えるのがためらわれる……、というよりも、気恥ずかしい。それでも深山が、なに？　と優しく尋ねてくるので、祥は暑さだけではなく顔を赤くして答えた。

「その、僕……、時々、木とか草とか犬や猫に、挨拶される……、というか、挨拶されてる気がするんだ」

「こんにちは、とか言われるの？」

「う、ん……、まあ、気のせいだとは思うんだけどさ。たまに二言、三言、会話が成立する……ような気がするんだ」

打ち明けて、祥はますます赤面した。深山に限っては馬鹿にしたりはしないだろうが、信じてはもらえないだろうとわかっている。ところが深山は、にっこりと笑うと、うんうんとうなずいたのだ。

「いいね」

「え……、呆れないの？　信じてくれるの？」

「なんで？　そんなの、フツーのことじゃない」

「……フツー!?　だってこんなこと、僕以外の人から聞いたこともないけどっ」

「そう？　奴らは気に入った人には、わりと気さくに声をかけてるよ。ただまぁ、耳で聞こえないだけでね」

「あっ、……そ、そうっ、そうなんだよね、本当に耳で聞こえないんだっ」

祥は興奮した。初めて「わかる」人に出会ったのだ。目を輝かせて祥は言った。

「実は僕、植物や動物だけじゃないんだ、お地蔵様や道祖神、狛犬《こまいぬ》なんかにも挨拶される時があるんだっ」

「うんうん」

「それに、空気？　風？　空？　とにかく、そういうなにかから、出掛けに、雨が降りますよって言われてて、晴天だったけど傘を持って出たら、午後から本当にザンザン降りになったこともあるんだっ」

「そうか。よいよい」

「あっ……」

深山は相変わらず嬉しそうにニコニコしているが、祥は急に恥ずかしくなってうつむいた。子供のようにはしゃぐ自分がみっともないと思ったし、言っていることも妄想を語っているようだと思った。祥？　と優しく呼ばれて、祥はちらりと深山を見て言った。

「あの、僕としては、本当に聞こえているわけで……、幻聴だって言われたら、そうかもしれないけど……」

「よいよい。お母さん譲りだ」

「……え？　深山さん、母のこと……」

「知らないけどさ、なんとなくそう思った。子供って、親の真似するじゃん。祥もさ、お母さんがそのへんの奴らに挨拶してるのを見ててさ、呼吸をするように、自然に、そうするもんだって覚えたんじゃない？」

「ああ……、そうかもね……」

祥はぼんやりとうなずいた。物心ついた頃にはもう、自宅の庭木や草花と、ごく当たり前に挨拶を交わしていた。祥には母の記憶がほとんどないが、しかし父や祖母を真似たのではないことだけはわかる。彼らは人間相手ですら挨拶しない場合が多かったし、挨拶をする人間だって、こちらから挨拶すべき人間と、向こうが挨拶をしてきたら挨拶を返す人間とに分けていた。そんな彼らが植物や動物、ましてや道端のお地蔵様になど挨拶するはずがない。そう考えればやはり自分のこれは、母親の影響としか思えなかった。

祥はふと、深山を見上げて尋ねてみた。

「深山さんにもそういう経験、ある？」

「俺？　俺はしょっちゅう挨拶されてるよ。たいてい無視しちゃうけどね」

「ひどいね、それ」

「ひどくないって。祥も想像してみてよ、今見えてるすべての草木から『ごきげんよう』と言われてるわけよ。そんなのいちいち挨拶返せる？」

「無理だろうね。それをやろうと努力したら、確実に周囲から不審者扱いされるからね。それにしても、たとえがおおげさ。すべての草木って」

「おおげさじゃないよ。草木どころか、そこの雀《すずめ》と向こうの椋鳥《むくどり》と、あっちの尾長《おなが》からも挨拶されてますよ～」

「すごいね。野性の王様だ」

「いいえぇ～、わたくしはお山の大将なんでございますぅ～」

深山が芝居がかって言うので、祥は大きな声で笑ってしまった。


前期試験も終了し、最後の授業が休講になった今、祥は夏休み入りした。八月最初の木曜日。

「本当に図書館で時間潰《つぶ》してるのかなぁ」

事務棟で成績報告をすませてから、祥は図書館へ向かった。図書館は敷地の外れにあって、後ろは手つかずの森だから、閲覧室や自習室からの眺めが素晴らしい。自然石のように加工されたレンガ色のタイルで覆われた図書館は、正面入り口からだと、音楽ホールのようにも見える。両開きの重たいガラスドアを引き開けた祥は、弱く冷房が効いている館内に踏み入って、暑さから逃れてホッと息をついた。段差の緩やかな大階段を上って二階に行く。ほとんど人のいない閲覧室の広い窓には、すべてブラインドが下ろされているが、少し開けられたシェードの隙間《すきま》から、夏の日差しが金色のストライプとなって室内を飾っていた。

閲覧室中央に、二階司書カウンターがある。深山の姿を捜しながらそこを回ると、深山はカウンターの真ん前の席で本を読んでいた。

「深山さん、ホントにいた……」

「あれ、祥。なんでこんな時間に」

「三限、休講になった。今から夏休み。だから深山さんを迎えにきたんだ。……なに読んでるの？」

ひょいと手元を覗《のぞ》きこんだ祥に、深山は軽くうなずいて、丁寧に本を閉じて祥に見せた。

「室町《むろまち》時代の連歌集。いいよね、市井の人々が生活を詠んだ歌って」

「……ちょっと、これ……」

祥は仰天した。変色し、今にも破れそうな和紙でできた、くたくたの和本だ。持ち出し禁止どころか閲覧禁止と思われる。恐る恐る司書を窺うと、三十半ばくらいの女性司書は、微苦笑を浮かべ、しい、という具合に唇に指をあてた。祥もそっとうなずいて、深山に視線を戻した。

「なに、閲覧禁止の本も閲覧許可されるくらい、深山さんはすごい特待生なの？」

「うん。てゆーか、丁寧に倉庫に放りこまれてた古書を整理したの、そこの生瀬《いくせ》さんと俺だしねぇ」

「ええっ!?」

思わず大声をあげてしまった祥に、深山と生瀬が同時に、しーっと言った。祥が慌てて口をつぐむと、ふふっと笑った深山が立ち上がって、カウンターに古書を置いて、生瀬に言った。

「これ、戻しておいてもらえますか」

「持ってくる時は勝手に持ってくるくせにねぇ」

「だって、それこそ祥を資料庫に入れたらまずいっしょ。一般の学生さんなんだしー？」

「わかった、わかった、戻しておく。そうだ深山くん、夏休み暇なら、明治《めいじ》・大正《たいしょう》あたりの稀覯本《きこうぼん》の整理もやらない？」

「ごめーん、最近の本には興味ない〜」

「最近て……」

苦笑する生瀬に、また後期にね、と深山は言って、祥の背を押して階段に向かった。涼しい館内から猛暑の屋外に出て、祥はうっと顔をしかめながら深山に言った。

「本当に深山さんの知識って、すごいよね」

「まー、年の功ってやつですよ」

「年の功って言えるほど長生きしてないくせに」

「さあ、それはどうかなぁ」

ははは、と深山は笑い、ふっと話題を変えた。

「ホントに今日、遊びにいっていいの？」

「うん。約束してたでしょう。ただし、ウチにはゲームはないからね。オーディオセットもないから、流行の歌も聞けないよ」

「あー、そんなのどうでもいい。俺は祥のそばにいたいだけだから」

「……物好きだよね、本当」

なぜか心臓をキュッと摑まれたような感じがして、祥はうろたえを隠すように、少しうつむいてそう言った。

最寄りの地下鉄駅に向かいながら、ずっと気になっていたことを祥は尋ねた。

「そういえば、どうして深山さんは僕のことを見守っているの？」

「おや、見守っているって言ったの、信じたんだ？」

「うん。信じた」

祥は真面目な表情でうなずいた。深山はニコニコしながら、そっか、と言うだけだ。祥がもう一度、どうして？　と尋ねても、深山はふふっと笑い、さぁ、どうしてかねぇ、と答えるばかりだ。祥は小さな溜め息をこぼして言った。

「……深山さんは、自分のことはなんにも言わないんだね。ガードが堅いんだね」

「うん？」

「僕はわりとなんでも、自分のことは深山さんに話してるけど……」

「ありゃりゃ、なんか予想外の方向に」

深山は苦笑をすると、さらりと祥の髪をかき回して尋ねた。

「俺のこと、知りたい？」

「……うん。知りたいけど……」

「…けど？」

「聞き出そうとは思わない。言いたくないことを言わないのは当然だけど、それとはべつに、誰かになにか話したいことや、聞いてもらいたいことがあるなら、こっちから聞かなくても話してくれると思う。深山さんに限ったことじゃなくてね、みんなそうだと思うからさ」

「うーむ……」

深山はうなった。十八歳にあるまじき考え方だと思った。

（十代なんて、お友達を一番大切に思う時期なのに）

大切だから自分のことを知ってもらいたい、大切だから相手のことを知りたいと思う。自分のことを理解してもらえなければ怒り、相手に隠し事をされれば深く傷つく。ほとんど恋愛に近い、濃密な関係だ。

（なのに祥はさぁ、俺ってゆー『お友達』が自分のことをなんにも話さなくても、しょうがない、って、思っちゃうんだよねぇ……）

おそらく今まで祥をがっちりと管理してきた祖母は、必要のないこと以外はなにも話してやらなかったのだろう。だから祥は、諦《あきら》めてしまった……いや、学習してしまった。人は、本当に言いたいことは、軽々と口に上らせないのだと。それはもう中年の思考だ。三十、四十年生きてきて、しみじみと思い知らされるような、経験から得るはずの思いだ。

「……まだ十八なのにねぇ」

ぽつりと呟いた深山に、なに？　と祥が顔を上げる。深山は悲しい微笑を浮かべて答えた。

「いや、祥はさ。名前とは正反対の人生を生きてきちゃったなって。そう思いまして」

「ええ？　僕が不幸だったって言いたいの？」

「いかにも。しかし心配無用。わたくしがきっちりと帳尻は合わせますゆえ」

「帳尻ってよく言うけど、意味がわからないってば。それに僕は不幸だったことはないよ。深山さんが僕のどこらへんを見て、そう思うのかわからないけど」

軽い口調で答えて、祥はクスクスと笑った。深山はやっぱり悲しい微笑を浮かべ、そっと溜め息をこぼした。

大学から祥の部屋まで、地下鉄を乗り継いで三十分ほどだ。地下鉄駅を出て、すぐそばの大きな橋を渡り、さらに歩くこと二十分。ここだよ、と祥に示されたマンションを見て、深山は唖然とした。東京湾《とうきょうわん》が目前のまさにウォーターフロント、見上げても上層階が見えない、紛れもないタワー億ションだ。

「ちょっと祥……、一介の大学生でしょーが、なにこんなすごいところに住んじゃってるのー!?」

「実家が買った部屋なんだけど、使ってないからね。僕が使わせてもらってるだけ」

「はいー？　もしかして、節税対策で買った部屋ー？」

「そう」

そっけなく答えて、祥は深山をエントランスに続くアプローチに誘導した。

「祖母や義母の思うところがいろいろとあるんだよ。実家から大学まで地下鉄を使えば十分そこそこだよ？　なのに僕に一人暮らしをさせるわけだから」

「……あー、つまり、祥を追い出したとは思われないようにってこと？　行平の長男が、年頃の若者らしく一人暮らしをしたいとわがままを言ったので、優しいおばあちゃんや義理のお母さんが、しょうがないわねぇと言って、行平の長男にふさわしいお部屋を用意してあげた、と、そう見えるようにってことかなー？」

「そういうこと。いくら僕が実家にとって価値のない存在だとしても、外から見れば、行平の長男という立場にはそれなりの意味があるからね。この歳《とし》になって誘拐されることはないだろうけど、まあ、強盗とかね」

「はぁー……」

「その点ここなら、セキュリティは万全だし、僕の生活状況や交友関係も把握できるでしょう。なにしろ僕は未成年で、祖母たちは保護者でこの部屋の持ち主だから。実家から問い合わせれば、コンシェルジュや警備会社は、僕の状況を丁寧に教えるだろうし」

「なんだかあれだね……、一人暮らししてても飼い殺し状態だね……」

「違うよ。僕の場合は飼い殺しじゃなく、ただの監視」

他人事のように冷めた口調で祥は言う。深山はそっと溜め息をこぼしつつ、いや、祥にとっては他人事なんだろう、と思った。祥の中では、深山の友人である自分と、行平本家の長男である自分は、まったくの別人なのだろう。だから「行平祥」という青年が、実家からどんな扱いをされようとも、これからどうなろうとも、どうでもいいのだ。深山はそう思った。

「さて、中に入るよ。出入り禁止にされたくなかったら、ちょっと愛想よくしてね」

「あ、はいはい」

驚くべきことにドアマンまでいる、まさに高級ホテルのような入口から中に入ると、そこは三階まで吹き抜けのロビーになっていた。ソファセットがいくつも置いてある。向こう正面には二十四時間、コンシェルジュが常駐しているカウンターまであって、これでコーヒーショップでもあれば本当にホテルと変わらない。祥は真っすぐにカウンターに寄ると、お帰りなさいませ、と笑顔で迎えてくれたコンシェルジュに言った。

「こちらのかたは、大学の先輩で、深山さんとおっしゃいます。深山さんが訪ねてきたら、何時であろうとも、お通ししてください」

かしこまりました、という答えをしっかりと聞いてから、祥はカウンターの横のガラスドアに向かった。暗証番号を打ち込んでドアを開け、エレベーターホールに入る。

「僕の部屋はこのエレベーターじゃないと行けないから、間違えないでね」

「……まさかペントハウス専用とか？」

「まさか。ウチ専用じゃないよ、三十五階以上専用」

「あ、そう……」

つまり祥の部屋はペントハウスということだ。豪華な鳥籠《とりかご》だ、と深山は思いながら、恐ろしいほど速いエレベーターで四十階に運ばれた。エレベーターを降りて、ホテルとなんら変わらない通路を歩いて、突き当たりが祥の部屋だった。カードキィを使ってピッとドアロックを解除させる祥に、深山はやれやれといったふうに言った。

「とにかくまあ、大学生には分不相応な部屋だよねぇ」

「僕もそう思う。不便だしね」

「不便なの？」

「外に出てから忘れ物に気づいた時は、本当にうんざりするよ。取りに戻ると地下鉄二本、乗り遅れる」

「……あんまり高いところに住むのも、いろいろあれだね……」

そうかそうかと思いながら室内に入り、そこでまた深山は唖然とした。広さは予想の範囲内だったが、まるでモデルルームのような、整いすぎて無機質に思える部屋だ。吹き抜けの広すぎるリビングから、二階の回廊に続く階段が伸びている。壁には本物の絵画や版画、飾り棚には絵皿が飾られていた。リビングのソファセットも、ダイニングのテーブルセットも、一目見て、まぁお高いんでしょうねぇ、とわかる代物だったが、まったく使っている形跡がない。モデルルームでないならドラマのセットだ。

「なんなの、この部屋？　本当に祥はここで暮らしてるの？」

「うん。食事は外に食べに出るし、自分の部屋以外、使わないからね。言っておくけど、家具や装飾品はデザイナーが選んで設置したものだから、僕の趣味じゃないよ」

「そりゃわかるよ～。ああもう、なんだろう、この部屋は～。ただでさえ地面から遠くてそわそわするっていうのに、鉢植え一つないなんて～」

「人の家に来て、そんなに文句言う人は初めてだよ。僕の部屋へ行こう」

呆れた苦笑を見せて、深山を二階へと案内した。祥の寝室は、いわゆる主寝室と呼ばれる部屋で、部屋つきのバスルームまである。これでキッチンさえついていれば、ワンルームマンションと変わらない。深山は感心することにも飽きてしまい、ぎっしりと本の詰まった書棚を眺めた。

「こりゃ、見事に節操のないチョイスだね」

「ん？　ああ、うん。タイトルがよかったり装丁が綺麗な本を、無差別に読んでる」

「趣味で読んでるのは？」

「特にないよ。でも恋愛小説と青春小説は、実感として理解できないから、それを買っちゃった時はしまったなと思うかな」

「枯れてる。枯れてるよ、祥。あんな馬鹿でかいリビングがあるんだから、友達呼んで騒げばいいじゃないの～」

「そうかもしれないけど。友達と、友達ふうの人と、区別がつかないし。もし本当の友達だったとしても、僕と個人的に親しいことが周囲にわかったら、どんな迷惑をかけるかわからないからね」

「まあそうねぇ〜」

「第一さ、男ばかり呼んでも華やかさがないよ。寮にいた時の談話室みたいに、騒音と破壊の坩《る》堝《つぼ》になると思う」

「なにー、女の子も呼べばいいじゃない。女の子、嫌いなの？」

「そうじゃないけど。深山さん、飲み物は。水とお茶しかないけど」

「お茶を所望します」

ぺこりと頭を下げる深山に、小さな冷蔵庫からペットボトルのお茶を取りだして渡す。祥は水を選んで、一口飲んでから答えた。

「女性については実家の目が厳しいから、親しくしないことにしてるんだ」

「あー、つまり、嘘にしろ本当にしろ、行平の長男の子供を妊娠したとか、そんな事態が持ち上がるのを避けるため？」

「それもあるけど、僕と親しくなった女性を祖母が見て、行平の家にふさわしくないと判断したら、その女性に対して、確実に、失礼極まりないことをするだろうからね」

「……」

なんとまあ、と深山は嘆息した。がんじがらめだ。まるでブロイラーだねと深山は思った。食べることも寝ることも、見ることも聞くことも自由だが、それはおばあさんの用意した狭いケージから、首を伸ばせる範囲のことだけだ。「繁殖行為」までおばあさんに管理されている。想像以上に不幸な祥の有様に、深山は心底しょんぼりした。

「ホント、もう、涙出そうなくらい、不幸せだよ、祥……」

「えー？」

祥は、がっくりと肩を落とす深山に、クスクスと笑って言った。

「さっきも言ったけど、僕は本当に不幸せなんかじゃないよ。これまで苦労らしい苦労を味わったことがないもの。お金に困ったことはないし、この先だって、すでに就職先も決まってるんだよ？　このご時勢に、僕以上に恵まれてる若者はいないと思うけど」

「もう、そういうところが……、ああ、不幸せだ……、俺は自分が情けないよ……」

「ちょっと、なんで深山さんが落ちこむの」

がっくりとベッドに座りこんでしまった深山に、祥は困ったような笑顔を見せた。

とりとめもなくお喋りをするうちに、夏の長い日も暮れる。ちらりと時刻を確認した祥は、部屋の明かりをつける代わりに深山に言った。

「もうすぐ七時だよ。夕食、食べに出よう」

「大賛成。実は腹ぺこです」

「そういうことは言ってよ。そうしたらもっと早く食べに出たのに」

「なんつーか、祥のお喋りを止めたくなかった」

「……歩きながらでも、食事しながらでも、帰ってからでも、いくらでも喋れるよ」

そう答えながらも、祥は猛烈に照れた。止めたくなかったと深山が言うほど、自分は喋りとおしていたのだ。なにを話したか覚えていないくらい、本当にどうでもいいことを喋っていたのに、楽しくてやめられなかった。無駄話をすることが楽しいなんて、祥には初めての経験だった。そして、深山だからお喋りができた。深山といると楽しい。深山がいるだけで楽しい……。

祥は照れて赤くなってしまった顔をふいと逸《そ》らし、不自然なほど慌てて立ち上がった。

「とにかくさ、食べに出ようよ」

「賛成、賛成～」

祥の照れに気づいた深山は、なぜか嬉しそうな表情を浮かべてのそりと立ち上がった。

二人が食事に出かけた先は、地下鉄駅のすぐそば、つまりマンションから徒歩二十分の場所にあるファミリーレストランだ。あれもこれもと注文し、食べながら喋り、喋りながら食べ、吐くほど腹をいっぱいにして店を出て、また二十分かけてマンションに戻る。帰る道々、深山が、遠い～、めんどくさい～、もっと近くに店はないの～、と、不平をたらたら洩《も》らした。祥はきっぱりと首を振った。

「あの店がウチから一番近いんだ」

「そんな不便な生活、耐えられないよー。料理人はー？　いないのー？」

「いないよ。そして雇うつもりもない」

「ええ〜。じゃあケータリング頼もうよ〜」

「話にもならない。そんなに食べに出るのがいやなら、自分の家に帰ればいいよ」

「……」

優しい微笑で冷たいことを言われて、深山はムッとして口をつぐんだ。ぷいとそっぽを向く様子が拗《す》ねた子供そっくりでおかしくて、祥はクスクスと笑った。


翌朝、祥は、十時過ぎに目が覚めた。

「……寝すぎてるはずなのに眠い……」

昨夜は深山が、遊ぼー、話そーと言って、二時過ぎまで離してくれなかったのだ。零時を過ぎると気絶するほど眠くなる祥だから、ソファで朦朧《もうろう》としていただけだが、そんな時間まで起きていたのは初めてだから、変なふうに疲れているのかもしれないと思った。

「…深山さん、お腹空《す》かせてるかな」

急いで洗顔と身仕度をし、寝室を出た瞬間、いつもと違う空気に気づいた。

「……え？　なんか、綺麗……ていうか、澄んでるような……」

このマンションは全体として、二十四時間の換気システムを作動させているから、室内の空気が淀《よど》むということはまずない。けれど祥が感じた浄化感は、換気が行き届いているといったものではなく、空気そのものがおいしい感じなのだ。なんでだろうと首を傾げながら階段を下りかけて、祥はぽかんと口を開けてしまった。リビングは吹き抜け構造なので、二階通路の手摺《てす》りから見下ろせる。その真下に見えるリビングが、緑、緑、緑……、大量の鉢植えで埋めつくされているのだ。まだ夢を見ているのだろうかと思いながら階段を下りて、鉢植えをゆっくりと見回した。

「花屋にいるみたいだ……」

樹木と呼んでもいいほど大きいものから、商店や家庭でよく見る観葉植物、高価な洋蘭《ようらん》類もあれば、アロエや狗尾草《えのころぐさ》まである。それでも祥は、草木が放つ「緑香」を胸いっぱいに吸いこんで、幸せそうにほほえんだ。

「どうりで空気が綺麗だ……」

ほう、と吐息をついた祥は、ふと、そういえば深山の匂いとよく似ているなと思った。今まではなにかオーデコロンでもつけているのかと思っていたが、昨夜、風呂に入ったあとでもこんな匂いがした。深山の体臭なのだと知った祥は、あの時深山を抱きしめて、クンクンと匂いを嗅《か》ぎたい衝動に襲われたことを思いだし、ちょっと赤面をした。

「どうも深山さんが相手だと調子が狂う……」

よい子の化けの皮が剝《は》がれる、というのとは違う。行儀が悪くなる、というほうに近い。いつもはきちんと飼い馴《な》らしている衝動や願望が、むずむずと動きだそうとする感じだ。

「…不思議な人だな、深山さんって……」

深山とはいつも一緒にいるが、体が近くにあるということよりも、心が寄り添っていることを強く感じる。こんな感覚は初めてで、そして、幸せな感覚だと思った。

「もう深山さん、起きてるのかな？　コーヒーいれてから部屋に……」

呟いた時、予想外にも笑い声が聞こえた。どっと沸くような笑い声だ。驚いて跳び上がった祥は、慌てて深山の部屋に足を向けた。

「深山さん？　もう起きてるの？　入るよ？」

ノックをしてから客間のドアを開けて、祥は目を見開いた。そこには深山のほかにもう一人、中年の女性がいたからだ。びっくりして固まってしまった祥に、ほがらかに深山が言った。

「はい、祥、遅いお目覚め〜。おはよー」

「お、おはよ……」

祥が小さくうなずいて挨拶を返すと、深山は女性に顔を向けてにっこりと笑った。

「祥が起きたからさ、よろしくお願いします」

「はい。では」

女性は腰かけていたベッドから立ち上がり、祥にきっちりと深く頭を下げて、部屋を出ていった。混乱した祥は、床にあぐらをかいている深山の前にサッと座りこみ、部屋の外を指差しながら尋ねた。

「ちょっと、あの女性はどなたなの？　なんでこんな時間にここにいるの？　深山さんが呼んだの？　深山さんのご友人なの？」

「質問が多いねぇ。どれから答えればいい？」

「じゃあ。あの女性は誰なの？」

「笈川《おいかわ》さんという料理人です」

「料理人……、料理人ーっ!?」

「肩書きは家政婦さんだけどね。ここ、ハウスキーパー入ってるんでしょ？　だからお料理だけをお願いした」

「お願いしたって……、どういうこと!?」

「だーって、朝、昼、晩とあんな遠くまで食べにいくなんて、絶対いやだもんー。でも俺も祥も料理できないしさ、ケータリングはダメだって言うしさ、だったらもう、料理人を雇うしかないじゃないー」

「雇うしかない、って……」

「へーキ、へーキ。俺が雇ったんだもん、行平の家に請求書はいかないから安心してー。ちなみに笈川さんの身元は保証します。お部屋に入れても大丈夫」

「……、なんていうか」

驚きが去り、祥は呆れて苦笑した。裏口入学は冗談にしろ、大学でもあれだけちゃらんぽらんなことをしていて、それでも進級できているのだから、深山の実家が大学にそれなりのこと……

たぶん多額の寄付とか……をしているのだろう。そういうことができる経済力を持っている家で育ってきたなら、ここが祥の家であっても、今日一日、料理人を雇うなど平気でするだろう。

祥は微苦笑を浮かべてベッドに腰かけ、深山に尋ねた。

「リビングの鉢植えも、深山さんの仕業？」

「そう。だって全然緑がないんだもん、息苦しくなっちゃうよ。だから置きました」

「簡単に言うけどさ。さっきの女性……、えーと、笈川さんか。笈川さんにしろ鉢植えにしろ、頼んだの、深夜でしょう？　ご実家のツテ？」

「まあ、そうなるかな」

「もう、本当にわがまま息子だね」

また祥は苦笑した。けれど自分の周りには、もっとすごいわがままを、まったく平気な顔でする人間もいる。それを考えれば、深山のわがままは、まだ可愛いわがままだと思った。

「でもさ」

深山が優しい微笑を浮かべて言った。

「緑があると、祥が楽でしょ。気持ちも、体も」

「ああ、うん、言われてみれば……。さっき鉢植えを見た時、気持ちがスウッとしたかな」

「ね。鉢植えたちがこの部屋に馴れたら、みんなが挨拶してくれるよ。今はまだ緊張してるみたいだけど」

「……うん」

そうなったらいいなと思い、祥はほほえんだ。

てっきりその日、帰るものだとばかり思っていた深山は、夕方になっても夜になっても帰る素振りを見せなかった。祥ととりとめのない話をしたりしなかったり、笈川さんのおいしい家庭料理に感激したり、川べりを散歩したり。祥も深山に帰ってほしいとは思わなかったし、自然な成り行きで泊まることになった。

次の日も、その次の日も深山はお泊まりをした。八月半ばとなった今も、それが続いている。深山は祥の部屋で寝泊まりをし、笈川さんも毎朝きちんとやってきて、三人で仲良くまともな食事をしている。

その朝、祥はいつもどおり八時に起きてリビングに下りた。すう、と緑の香りを吸いこんで、鉢植えたちに優しい視線をめぐらせる。

「おはよう」

鮮やかな朱色の花を咲き誇らせているマリーゴールドに挨拶をした時だ。背後から柔らかな深山の声がした。

「なに、挨拶してくれるようになったの？」

「…っ、びっくりした、いるとは思わなかった」

「んー、笈川さんと台所で喋ってた」

そう、とうなずいて、祥は嬉しそうにほほえんだ。

「いつからか覚えてないんだけどね。みんな挨拶してくれるようになった。ただ、朝顔だけは機嫌が悪いみたいで」

「あー、そりゃ機嫌悪いんじゃなくて、我慢してるんだよ」

「我慢？　なにを？」

「窓際に置いてほしいんだ。日光にあたりたいの。祥に悪くて言いだせないんだな」

「そんなの、遠慮しないで言ってくれればいいのに。……え、じゃあ深山さんには言ったの？　ていうか、そこまで植物とお喋りできるの？」

「うん。フツーに」

「……」

まったくフツーの顔をして、フツーに植物とお喋りできると言う深山に、改めて祥は驚いてしまった。ちらりと鉢植えを見て、その視線を深山に戻して、そういえば、と祥は思った。

(部屋の植物の機嫌がよくなるだけじゃなく、マンション周りの植栽たちも、深山さんがいるようになってから元気だ……)

緑の手を持つ人がいるらしいが、深山は緑の気持ちがわかり、緑を元気づける人であり、緑から愛されている人なんだ、と思った。祥がふふっと笑ってそう言うと、深山は偉そうに胸を反らして言った。

「当たり前でしょー、俺はお山の大将だもん、みんな俺には敬意を払うんですー」

「敬意ねぇ。……それから、お山の大将って、こういう時に使う言葉じゃないでしょう」

国文博士のくせに、と言って祥が笑うと、だってホントにお山の大将だもん、と深山も笑った。

午前中に大学図書館へ行って、レポートに必要な資料を借りて家に戻った。お昼ごはんですよ、と笈川さんに言われて大きな食卓につくと、料理を並べながら笈川さんが尋ねてきた。

「もう川べりには、屋台なんか出てましたかねぇ」

「屋台？」

祥は首を傾げた。

「屋台が出るような催しでもあるんですか？」

「あらま、祥さん。今夜は花火大会があるんですよ。深山さんもご存じでなかった？」

「うん、全然知らなかった」

深山もきょとんとした顔でうなずく。笈川さんは少し呆れたふうに笑って言った。

「毎年この時期にやるじゃございませんか。テレビでも生中継する、あの花火大会ですよ」

「そうなんですか。僕は去年まで都の外れの寮にいたので、まったく知りませんでした。テレビも見なかったし」

「じゃあ今夜はぜひご覧にならないと。なにしろ祥さん、このマンションは特等席ですよ。下に、休憩室みたいなところがございますでしょ？」

「……ああ、三十五階の。展望ラウンジ」

「ええ、あそこからなら、もうまったく素晴らしく眺めることができますよ」

「この部屋からでは見えませんか」

「残念なことにねぇ、打ち上げ場所は、このお部屋とは反対側になりますからねぇ。お隣の是枝《これえだ》さんのお部屋からでしたら、まあ素敵に見えるでしょうけどねぇ」

「ああ、もっと川上なんだ。ウチは東京湾に向いていますからね」

残念、と心底残念そうに溜め息をついた祥を、深山も笈川さんも笑った。ペントハウスの、しかも東京湾に向いているということがこの部屋の価値なのに、祥はまったくそんなことに関心がないからだ。

七時を待って展望ラウンジへ行った。ここは三十五階以上の部屋に住む住人だけが利用できる、いわば上層階住人の特権ラウンジだ。ベンチではなく、ソファセットがいくつも設置してあるし、飲み物のベンダーも備えつけられている。ここを使用できる上層階の住人は、全部合わせても十八世帯しかないので、ラウンジも大混雑とはほどとおい。ラウンジに入った祥は、へえ、と呟いた。

「こんなふうになってるんだね」

「初めて来るの？」

「うん。ここに用はないし」

「なんつーかさぁ、眺めを楽しむとかさぁ、祥は日常に楽しみがなさすぎるよねぇ。自分から見つけないとさぁ」

「あ……、うん。これからは努力する」

「もー……」

相変わらず生きることに覇気のない祥に溜め息をこぼし、深山は手近のソファに座った。

「座ってても見えるよねぇ？　周り中、ガラス窓なんだし」

「見えるんじゃないかな。笂川さん、あっちの方向だって言ってたよね」

「そうそう、川上の……、おお、始まったね」

ドン、という腹に響く爆烈音がして、祥と深山が見つめるガラス窓の向こうに、ヒュウと火の玉が上がっていき……。

「……見えないね」

祥がボソリと呟いた。なんと花火は、ラウンジよりも高く上がったのだ。二人から見えたのは、キラキラと降ってくる星ばかり。祥が小さな溜め息をこぼすや、深山が腕を摑んで立ち上がった。

「前に行けば見えるでしょ～」

「あ……」

深山の腕が肩に回された。抱きしめる、という感じではなく、保護をする、といった感じの抱き方だが、祥はなぜか鼓動を速めてしまった。どうしよう、と思う間にも、深山は祥の肩を抱いたまま、窓際の人の列の後ろまで連れていく。また、ドン、という音がした。しゅるしゅると火の玉が上がっていき、夜空を見上げる二人の目前で、パアッと花を開いた。

「うわ……」

祥は思わず感嘆の声を洩らした。こんな間近で、しかもこんな特等席で花火を見るのは初めてだ。その迫力、美しさに言葉も出ない。星が燃えながら落ちていく、しゃららら…という音まで聞こえる。感動して思わず深山のシャツを摑んでしまうと、深山はグッと祥の肩を抱き寄せてくれた。祥は、ドキドキする心臓が、花火のせいなのか深山の腕のせいなのかわからないまま、はあ、と吐息をこぼした。

「……綺麗だねぇ」

「うん。そうね。……よかった」

「……」

心底、よかった、と思っていることがわかる深山の声だった。祥は深山を見上げようとして、なぜかそれだけのことができなくて、真っすぐに窓の外に視線を据えた。連続して花火が打ち上がる。豪快で、繊細で、数瞬で消えていく花火の美しさ――。深山の腕のぬくもりとともに、きっと一生忘れないだろうと祥は思った。

夏休みは、あっという間のような、ずいぶんと長かったというような、不思議な感じとともに終わり、九月最初の土曜、学祭初日を迎えた。

「祥は今日、どうすんの？　暇なんでしょ？」

構内は早朝から異様な高揚感に包まれているが、祥も深山もやっぱりいつもどおり、学食で朝ごはんを食べていた。お茶を一口飲んで祥は答えた。

「んー。サークル入ってないし、入りたいサークルもなかったしね」

「こらこら。俺は嘘つきが嫌いだよ。天罰下しちゃうぞ～」

「実家に戻されるっていう天罰はいやだからな」

祥は苦笑して答えた。

「だって、サークルに入ったら友達に迷惑かけるかもしれないから。本当は、ありとあらゆるサークルに入って、ありとあらゆることをやってみたかったよ」

「なんだかなぁ。どうせお家も会社も異母弟さんが継ぐんでしょ？　だったらもう、好きなことすればいいじゃん」

「実家に迷惑がかからないような好きなこと、でしょ」

「うーん。祥がもっとおバカだったらよかったのにねぇ」

深山はしょんぼりと溜め息をこぼした。祥の両親はもういないし、実の祖母は祥に冷淡だし、実家になどなんの愛着もないはずだが、祥は自分の立場を理解しすぎている。実家に迷惑をかけるということは、迷惑の程度にもよるが、行平の家が力を及ぼしている企業にも迷惑がかかるかもしれず、妙なスキャンダルにでもなって会社の株価が下がれば、働いている人たちの生活が脅かされる……、そういうことを祥はわかっているのだ。

「…がんじがらめだね。いっそのこと結婚しちゃえばいいのに」

「結婚したらしたで、妻になる人の実家と姻戚《いんせき》関係ができちゃうよ。そんなの相手に悪いでしょう」

クールに言った祥に、深山は、ふうん？　と首を傾げた。

「そんじゃ祥は、一生結婚しないつもり？」

「しないよ。行平の名前と、父から相続しちゃった財産があるかぎり、結婚してくれた人に迷惑がかかるからね」

「ふぅ〜む……。まいったねぇ、どうしたら祥は幸せになれるのかねぇ……」

「またそれ？」

「だってさぁ、祥はいつも人のことばっかりじゃん。祥が自分のことをどう考えてるのか、全然わかんないよ。もしかして祥、人の幸せが自分の幸せなの？」

「まさか」

祥は苦笑した。

「僕のせいで誰かを不幸せにしたくないだけだよ。それも、相手のためっていうより自分のため。もしそんな不幸せが起こっても、僕はそれを受けとめきれないと思う。そんな自分を見たくないんだ。弱いんだよ、僕」

「弱いわけじゃないけどねぇ……」

深山はじっと祥を見つめ、悲しそうな声で言った。

「でもさ、祥。一人でもなれる幸せって、そうはないよ」

「そうかな。べつに結婚しなくても深山さんがいるし。それでいいかなと思ってるんだけど」

「俺？」

「うん。春からずっと一緒にいて、夏休みもずっと一緒に生活して、わかったから。深山さんは、行平の名前も僕が持たされてる遺産も、本当に自分には関係ないって思ってるって。深山さんにとって僕は、ただの後輩で、世間知らずな友達なんだって」

「うん……」

「そういう深山さんが友人でいてくれるだけで、僕は幸せだよ。うん。本当に。深山さんがいるだけで幸せだな」

「……」

言葉を切ってほほえんだ祥に、深山は深い眼差しをあてた。祥の心の奥を見つめるような眼差しだ。あんまりじっと見つめるので、とまどった祥が、なに？　と尋ねた。深山はなにかを考える顔つきで、もうしばらく祥を見つめていたが、ほんのかすかな微笑を浮かべて言った。

「……それなら、連れていこうか？　行平の名前も、遺産も関係ないところへ、祥を連れていこうか？」

「……そんなところがあったらいいけどね」

深山の言葉を、祥はクスクスと笑って受け流した。たとえ国外に出たとしても、行平の名前から逃れられる場所はないのだと、祥はわかっている。そんな祥に、深山は小さな溜め息をこぼし、絶対幸せにするから、と呟いた。気持ちを切り替えるようにパクッと白米を口に入れて深山は尋ねた。

「で、今日、どうすんの？」

「うん。とにかく屋台という屋台を巡って、催しという催しを覗こうと思ってる」

「おお、すごい意気ごみだね。よいよい」

ただ学祭を楽しむ、というだけのことだが、祥が少しずつ、こうしたい、と言うようになって、深山はそれが嬉しい。深山はとても嬉しく思った。

「ではわたくしが、今日一日、祥姫にお付き合いいたしましょう」

「姫ってなんだよ。でも、心強い。実はわくわくしすぎてて、どこから回ればいいのか判断できていないんだ」

「真面目だねぇ。お祭りなんだから、行き当たりばったりでいいのよ」

「そういうわけにはいかないよ。全部見るんだから、きちんと計画を立てないと無理でしょう？」

「んにゃ。全部を食べたり飲んだり参加したり鑑賞する気なら、計画立てても無理だよ」

「絶対？」

「絶対。なぜなら、朝の九時から小講堂で狂言サークルが発表会をするわけですが、そのあとは演劇サークル、マジック同好会、落語研究会、歌舞伎《かぶき》研究会、クラシック同好会と、一日中、発表会が続くからです。これを全部見てたら屋台なんか回れないでしょ」

「……たしかに」

きっちりと根拠を示して説明されて、祥は仕方なくだが納得した。深山はプクと笑い、ズズッとお茶をすすって言った。

「午前中は屋台以外のものを見物しよう。まぁ順当に、研究発表の展示系がいいんじゃない？」

「うん。深山さんに任せる。とにかく、いろいろ見たいんだ」

「よいよい。よいですな。とにかく、いろいろ見ましょう」

深山は祥以上に嬉しそうに笑い、漬物を口に入れた。

深山は六年も大学にいるだけあって、学祭巡りの達人だった。急ぎ足で回るわけでもないのに、展示や出し物や小講堂での発表会を一通り見物させてくれ、もちろん昼食代わりに屋台の飲食物も食べ歩かせてくれた。五時を過ぎるとさすがに大学だけあって、アルコールまで屋台に並びはじめる。現役女子大生のメイド喫茶で社会見学をしたり、お化け屋敷でたっぷりと驚かせてもらったりして、祥は大満足をして校舎を出た。

「楽しかった。ありがとう、深山さん」

「いや、まだメインイベントが残ってるんだけど。もう帰る？」

「まさかっ。メインイベントってなに？　ぜひ見たい」

「じゃあセンターコートへ」

そう答えてニコニコ笑う深山とセンターコートへ向かった祥は、広場へつく前から異様な熱気を感じて驚いた。通路脇にいくつも張られたテントの中には、長テーブルとパイプ椅子が置かれ、人々が紙コップのビールを片手に笑っている。通路に立っている人たちもビールを持って談笑していて、とても大学構内とは思えない光景だ。

「深山さん、ここはどんな催しが……」

思わず深山の腕を掴んでしまうと、深山はくすくす笑いながら教えてくれた。

「ライブ会場。昼間はカラオケコンテストやってたでしょ。あのステージで、今からプロがコンサートやるの」

「ええと、いわゆるロックというやつ？」

「ジャンル分けで言うなら、Ｊポップ。若者に大人気のバンドだよ。まさに若者らしい体験ができますぞ」

「ああ、うん、そうだね……」

ふだんなら大喜びする「若者らしい体験」だが、この場の雰囲気に少し怖《お》じけて、祥は小さくうなずいただけだった。しばらくすると、キィーッ、やら、ピーッ、やら、鼓膜をつんざくような高い雑音が響き、人々が地鳴りのような声をあげた。祥がビクッとしたと同時に、ステージ上が明るく照らされた。そこにはすでに若者に大人気だというバンドがスタンバイしていて、間をおかずにギャーンというすさまじい音が響き、人々が一気に興奮した。

「……っ」

祥はますます驚いて深山にすがりついてしまった。生まれてこのかた、こんな大きな音を聞いたこともなければ、見渡すかぎりの人が飛び跳ねたり、両腕を突き上げたり、ビールをぶちまけたりする様子を見るのも初めてだ。祥は興味よりも恐ろしさを感じてしまい、そろそろとあとずさると、とうとう深山の背後に隠れるように体をちぢこめてしまった。深山はいつの間に手に入れたのか、紙コップ酒を片手にふと首をめぐらせると、穏やかな微笑を浮かべて言った。

「つまんない？」

「いや……、つまらないというより、楽しみ方がわからない……」

「そっか。じゃ、行こう」

深山はにっこりと笑い、一息に酒を飲むと、自然と祥の手を握ってその場を離れた。

「深山さん、見なくていいの？」

「うん。特にファンでもないしねぇ。祥に、ああいうのを見せたかっただけだから」

「う、うん……、ありがとう、いい経験になった……」

「まったく、祥は真面目だねぇ」

深山はクスクスと笑った。

正門に続く中門あたりまで来ると、さすがに演奏も人々が熱狂してあげる叫びも聞こえてこない。人影もまばらな構内を、二人は手をつないだまま歩いていく。だいぶ気持ちも落ち着いたし、もう手を握ってもらうこともないが、祥は握られた手をあえて離そうとは思わなかった。深山もしっかりと祥の手を握っている。

「……」

「……」

中門を出た。そろそろ紅葉を始めた桜並木に、秋の訪れを感じさせるカラッとした北風が吹き抜ける。夏はもう終わりだ。虫の音が早々と聞こえる下り坂を、二人は手をつないだまま、黙って歩いていった。


一大イベントである学祭が終わると、大学は一気にしょんぼりした雰囲気になる。祥は相変わらず真面目に勉学に励み、深山も相変わらず真面目に図書館にこもっていた。落葉樹の葉が落ちるように、あっというまに秋は過ぎ去り、大学は冬の休みに入った。約束したわけでも申し合わせていたわけでもないが、やはり深山は祥の部屋で休みを過ごしていて、当然のように笯川さんも食事を作りにきてくれている。

元日の朝。

祥が起床してリビングに下りると、年末年始も伺いますよと言ってくれた笈川さんが、言葉どおりに朝食の支度をしていた。

「おはようございます」

祥が台所に顔を覗かせて声をかけると、振り返った笈川さんも、にっこりと笑って答えてくれた。

「祥さん、おはようございます。明けましておめでとうございます」

「あ、おめでとうございます。……元日なのに、本当に来てくれたんですね」

「はい。わたしは家族もおりませんしねぇ、一人でお正月を過ごすより、祥さんたちと過ごしたほうが楽しいでございますでしょ」

「ああ、ええ。みんなで食べるごはんはおいしいですものね」

実感としてよくわかっている祥が、ほほえんで深くうなずく。笈川さんもニコニコしながらうなずいた。

「そうですとも。お節《せち》だって、久しぶりに腕を振るいましたよ。そうそう、お雑煮《ぞうに》は東京風でよろしいんでしたよね？」

「ええ、行平は先祖代々、東京住まいなので」

「ようございました。お雑煮だけはそれぞれのお宅のお味をご用意しなければなりませんのでね」

「へえ……、笈川さんは？　東京のかたですか？」

「ええ、本所《ほんじょ》のほうなんですよ」

「じゃあ本物の江戸《えど》っ子なんだ」

「祥さんだってそうじゃございませんか」

笈川さんはクスクスと笑い、桜湯を出してくれた。食卓でのんびりと桜湯を飲んでいると、深山が大あくびをしながらやってきた。

「おはよー、祥。おめでとー」

「おはよ。明けましておめでとう」

「眠いー。昨日、ずーっとテレビ見ちゃったよ。ＢＳはイカンねー、終わらないもん」

「朝ごはん食べたらまた寝れば？　寝正月」

「えぇ〜、初詣《はつもうで》は行かないの〜？　祥の初詣初体験、俺がいただきたいなぁ」

「残念。実家にいた時は毎年初詣に連れていかれたよ」

「くう、残念。あと祥の初体験て、なにがあるかなぁ……」

こちらも桜湯を出してもらった深山が、ゆっくりと湯を含みながら、妙なことを真剣に考える。

祥はふふっと笑うと、シャツの胸ポケットから、小振りのはがきを一枚取りだして、そっと深山に差しだした。

「うん？　これなに、祥？」

「年賀状」

「え……」

まさに意表を突かれた、といった表情で深山ははがきを受け取った。雪のように白い、手漉《てすき》とわかる和紙のはがきだ。宛名《あてな》も裏の文面も、祥そのもののように麗しい筆跡で書かれている。深山がしみじみと見つめていると、少し恥ずかしそうに祥が言った。

「昔、体験学習で作ったんだ。和紙。大事にとってあったんだけど、深山さんにならあげたいと思って」

「すごーく嬉しいよ。……椿の白だね」

「え……」

うっとりとほほえむ深山に、祥は仰天した。まさしく椿の白をイメージして作ったはがきなのだ。祥はドキドキしながら言った。

「本当にそうなんだよ、これ、椿の白なんだ。わかるんだ深山さん、すごい……っ」

「…椿、好き？」

「植物の中で一番好きだよ。特に白い椿。見てるだけで幸せになる」

「……じゃあ、白い椿の森に連れていってあげようか。祥が行きたいなら、連れていくよ」

「……本当っ!?」

祥はぱあっと表情を明るくした。白い椿でできた森なんて、想像しただけで感激してしまう。祥がものすごく期待をこめた眼差しで深山を見つめると、深山はいつか祥に見せた、心の底を覗くような深い深い瞳で答えた。

「連れていくのは簡単だけど、行ったら帰れないよ。……それでも行きたい？」

「行ったら帰れないって、どんな地の果てなの」

祥はクスクスッと笑いながら、それはどんな地の果てだろうと思った。深い緑に浮かぶ、純白の花の海……。行けるものなら行きたい。身動きが取れないほどたくさん背負いこまされたものを捨てて、そんな場所があるなら行きたい。

「……帰れなくてもいいかな。深山さんが一緒にいてくれるなら」

「……本当にそう思ってる？　俺に嘘つくと天罰下すよ？」

「嘘じゃないよ。深山さんだけ一人で帰っちゃう、っていうのはなしって条件だけど」

祥が答えたとたん、深山はブーッと噴きだして声を立てて笑った。

「祥をお山に連れていけたら、俺はもう一生、お山から出なくていいよっ」

「お山？　ご実家、山間《やまあい》なんだ？」

「うん、山……っ」

なにがおかしいのか、深山は食卓に突っ伏して笑い続けている。祥が苦笑をしたところで、お雑煮が出された。

「お餅《もち》もまだありますんでね、遠慮なくおっしゃってくださいまし。お節もどうぞ」

「おおー、これが関東風の雑煮ですか～。初めて食べるよ」

とたんに笑いを収めた深山が、椀《わん》を覗きこんで興味津々で言う。祥はふふっと笑って言った。

「お澄ましに餅が入ってるだけみたいなものだけどね。深山さん、今年は帰省しないの？」

「帰省ったって、すぐ帰れるもん、べつに正月に帰らなくてもねぇ」

「すぐ？　深山さんの地元ってどこなの？　近いの？」

「ウチ？　そうね、東日本と西日本のちょうど境目のあたり」

「それ、近くないでしょう」

祥は苦笑をして続けた。

「でも、そのあたりなら、お雑煮は関東風じゃない？」

「俺の地元、京都《きょうと》の飛び地みたいなのよ。大昔、京都から落ちてきたお公家さんが、里の人たちのご先祖なのね。だから周りの市町村がおおむね関東寄りの文化習慣なのと比べて、ウチの地元はバリバリ京風だよ。雑煮だって甘いんだ」

「本当に甘いの？　その、砂糖みたいな甘さ？」

「そう。マジで、甘いの」

「へえ……、なんか、想像がつかないよ。食べてみたいな。お汁粉ふうなのかな？」

「あんこが入ってるわけじゃないけどさ。ウチに来れば作らせるよ？」

「深山さんの地元、遠いじゃない。お雑煮のために今から行く気はないよ」

「地元じゃなくて、ウチだよ。俺の下宿先」

「深山さんが下宿!?」

祥は驚いた。お金持ちの家の御曹子《おんぞうし》なのに、下宿しているなんて信じられない。てっきり、通学用のマンションでも買い与えられていると思っていた。祥がそう言うと、深山はいやぁ、と首を振った。

「知り合いの家に寄せてもらってるの。だからまぁ、下宿というより居候と言ったほうが正解?」

「あ、それなら納得できる。……え、じゃあ、そのお宅で京風のお雑煮、いただけるの?」

「うん、作らせるよ。食べにくる?」

「ぜひご馳走《ちそう》してください」

「はいはい。んじゃお昼ごはんはウチで甘いお雑煮ね」

勢いこんで頼んだ祥に、口に合うといいけどねぇと言って、深山はにっこりと笑った。んじゃ散歩がてらウチに移動しようか、という深山の提案に、もちろん祥は即座に同意した。「公式」ではなく「私的」に友人の家を訪れるのも初めての経験だ。わくわくしながらマンションから外に出ると、深山がふと、日本晴れの空を仰いで呟いた。

「祥が雑煮を食べたがっている」

「え? なんで今、わざわざ確認するみたいに言うの。食べたことがないから、食べてみたいよ」

「だってあんな地面から離れた部屋じゃ、話ができないからさぁ」

「お喋りならさんざんしてるじゃない」

「んー、まあ、いろいろとね、外で言わねばならぬ時もある、と」

「深山さんてホント、意味のわからないことを言うよね」

祥は微苦笑をした。

祥のマンションの最寄り駅から地下鉄に乗り、一回乗り換えて、三十分弱で目的地についた。都心の超高級住宅街、山の手も山の手だ。祥は地下鉄から外に出て、少し困ったように微苦笑をした。

「このあたりのお宅なら、深山さんの下宿先もそういうお宅だよね？」

「ん？　お金持ちってこと？　俺の下宿先はそんなじゃないよ、フツーのお家。だから安心して。

祥が行平さんちのさっちゃんだなんてことはわかんないから」

「……うん。ありがとう」

祥の心配をすぐに察してくれる深山が嬉しかった。深山と親しいことが実家に伝わり、それで深山が不愉快な思いをしたらいやだと思ったのだ。

幹線道路から脇《わき》へ逸れて、急な坂道をのんびり上っていく。冬の日がうらうらと注いで、優しい暖かさをくれて、気持ちがいい。祥がふうと息をつくと、半歩先を歩いている深山が振り返った。

「坂、きつい？　ほら、祥」

「あ……、うん……」

大きな手を差しだされる。べつに坂がきつくて息をこぼしたわけではないが、祥は素直に深山の手を取った。元日の午前中、坂をとおるのは高級外車ばかりだ。手をつないでいたってわかるまいと思う。軽い息切れとはべつに心臓をドキドキさせながら坂を上っていくと、途中でこぢんまりとした神社に出会った。深山がするりと境内に向かったので、初詣をするのかなと思った祥もおとなしくついていく。グレーの御影石《みかげいし》でできた入口を入ったとたんだ。ひゅうと北風が吹きつけてきた。祥は首をすくめたが、深山は逆に顔を上げて、風に向かって言った。

「ただいま」

「た、ただいま……？」

「祥？　あ、寒いのね」

「寒いよ、よく深山さんは平気だね…っ」

「そんな寒がりじゃお山に椿を見にいけないよ？」

「行く時は完全防備で行くから平気…っ」

祥の答えを聞いて、深山は大笑いした。それでも風からかばうように祥の肩を抱き寄せてくれる。祥が身ぶるいしながら深山に寄り添うと、ふふふと笑った深山が楽しそうに言った。

「祥がひっついてくれて嬉しいんで、もっと盛大に吹いて」

「なに言って、……寒いってーっ」

まるで深山に応えるようにビョーッと風が吹く。寒さで耳がちぎれそうだ。思わず深山の腹に顔を押しつけると、いいねぇ、と笑いながら言った深山が、はい、終了、と言った。とたんに風がやむ。はい？　と驚いた祥が、誰か扇風機でも使っているのじゃあるまいなとあたりを見回すと、竹ぼうきを持った宮司が歩いてくることに気がついた。祥が赤面してさっと深山から離れる。宮司は穏やかな微笑を浮かべて深山に会釈をした。

「明けまして、おめでとうございます。……こちらは、お山さんのお大事さんですか」

お山の大事？　と不思議に思った祥が首を傾げると、深山がふふふと笑って答えた。

「そうなるかも」

「今年は大祭ですからね。……表を開けましょうか」

「いや、祥がビビるから、母屋から行くよ。案内はいい」

はい、と答えた宮司が、今度は深く腰を折ったのだ。深山に母屋へ連れていかれながら祥は小声で尋ねた。

「深山さんの下宿先って、ここなの？」

「うん。母屋じゃなくて、離れだけどね」

「宮司さん、なんかすごい深山さんに丁寧だったけど、深山さんて、そんなにすごい御曹子なの？」

「俺、お山の大将だから、敬《うやま》ってくれるの。それだけだよ」

「……旧家で大名家ってこと？」

重ねて尋ねたところで母屋の玄関に入ってしまったので、祥はもやもやしながらも口をつぐんだ。深山に手を引かれるまま、勝手に母屋に上がって、勝手に廊下を歩いていく。母屋をぐるっと回る形で、何度も廊下を曲がりながら、祥は困惑して言った。

「ねえ、こちらのかたにご挨拶とか……」

「必要ない」

「必要ないって、なんでそんな偉そうなんだろう……」

溜め息をこぼした時、深山が廊下の終わりの杉戸を開けた。腕を引かれるまま中に入って祥は仰天した。拝殿だったのだ。

「深山さんっ、罰があたるよっ」

「あたりません。ほら祥、大丈夫。近道なんだってば」

「拝殿は通り道じゃないよっ」

「まー、誰が使うかによるよねぇ」

「誰が使っても同じっ、まずいよ、勝手に入ったらっ。ちょっとホントに、やめようよっ」

「だから、近いんだって。ほら」

無礼にも部屋の真ん中をズンズン進むと、拝殿奥、突き当たりの杉戸を傍若無人に開けて、さらに幣殿《へいでん》に踏み入ったのだ。深山に腕を引っ張られても、踏ん張って拝殿にとどまっていた祥は、杉戸の向こうを見て目を見開いた。常識で考えれば幣殿があるはずのそこには、ほんの二、三メートルの吹き抜け廊下があって、その先に、まったくふつうの引き戸の玄関が見えたからだ。

「え……、あれ、本殿は？」

「通路が違うの。あれが俺のお家です。おいで、祥」

「あ、うん……」

この神社はどんな造りになっているんだろうと、首を傾げた。母屋を歩いているうちに方向感覚が狂ったのだろうか？　そんなことを考えながら廊下を渡ると、深山がカラリと引き戸を開けた。

「帰った」

これまた偉そうに深山は言う。本当にお坊ちゃまなんだとこそっと溜め息をこぼした祥は、はたと、誰に向かって帰宅の声をあげたのだろうと不思議に思った。深山は一人暮らしではないのだろうか？　そう思ったのと同時に、目の前の襖《ふすま》が音もなく開いて、美しい銀髪をした、着物姿の老婦人が姿を見せた。

「お山さん、お帰りなさいませ」

「……なんで五葉《ごよう》が出迎えるんだ。ばあさんじゃなく、青葉《あおば》と紅葉《もみじ》を寄越《よこ》せ」

「ばあさんであいすみませんね。あの二人じゃお雑煮は作れませんのでね」

五葉と呼ばれた老婦人は、失礼極まりない深山にほほほと笑うと、祥にきちんと正面を向けて、驚くほど深く頭を下げた。

「お大事さん、ようこそおこしくださいました」

「あ……、いえ、ウチからはそれほど離れていないので。お邪魔します」

先ほど宮司も『お大事さん』と言っていたし、『お大事さん』とは、『ご苦労さま』の方言だろうと思い、祥も会釈をして答える。横で深山がプッと噴くので、なに？　と視線で尋ねたが、深山はククと笑うばかりで答えてくれなかった。深く頭を下げる五葉の前を深山に手を引かれるとおり、入側縁《いりがわえん》を進んでいく。長い側縁は先のほうで曲がっていて、どこまで続いているのかわからない。祥は驚いた。

「広い離れだね。母屋より広いんじゃないの？」

「これでも狭くしてるのよ」

「なにそれ？　神社の入口は狭かったけど、奥はこんなに広いんだね」

感心しながら、花鳥風月総ざらいといった趣の襖絵を堪能《たんのう》しつつ、奥へ奥へと歩いていく。最後に広い和室を二部屋突っ切って、ようやく目的の部屋に到着した。

「はい、祥。そこに座って」

「あ、うん」

広い部屋の真ん中に、座布団が二枚、ぽつんと敷いてある。深山と向かい合って座るのも変だな、と思い、部屋の正面と思われる襖のほうを向いて正座した。深山が、あれ、と言った。

「祥はあぐらがかけないんだっけ？」

「うん、でも一時間くらいなら正座してられるから」

「足が痺《しび》れたら崩してさ、俺にしなだれかかってくれると嬉しいなぁ」

「しなだれかかるっていうのもやったことないからなぁ……」

真面目に答えて深山を笑わせたところで、からりと襖が開いて五葉が姿を見せた。

「お茶をお持ちいたしました」

そう言って、まず深山の前に、それから祥の前に茶器を置いた。ふうん、と祥は思った。客である祥より深山のほうに先に茶を出したということから、深山は地元では、いわゆるお殿様と呼ばれる家の息子なのだろうと思った。公家が先祖らしいから、もしかしたら貴族の末裔《まつえい》なのかもしれない。地元ではまさに「位の高い人」なのだろう。偉そうなのも仕方がないのか、と納得した。出されたお茶はもちろん皇服茶《おうぶくちゃ》……一般でいうところの大福茶《おおぶくちゃ》だ。緑茶の中に昆布と梅が入っている。祥がめずらしそうに飲んでいると、深山が、京都では元日に雑煮の前にこれを飲むんだと教えてくれた。深山が言ったとおり、本当に京都の飛び地のような感じで、京の風習を引き継いでいるのだろう。そういえば五葉も関西のイントネーションだ。地元から呼び寄せた使用人なのだろうと祥は思った。

ゆっくりとお茶を楽しんだところで雑煮が運ばれてきた。椀を覗きこんだ祥は驚いて言った。

「……白いんだね」

白い汁の中に、丸い餅が入っているのもめずらしい。深山がふふっと笑って教えてくれた。

「白味噌を使ってるんだ。だから甘いの。こっちの雑煮は餅が四角くて焼いてあったけど、ウチのほうは丸い餅を焼かないで入れるんだ。それが大根、そっちがお芋ね。飲んでみなよ」

「うん……、本当に甘い……。でもお餅はこっちのほうが好きかな」

「それはよかったです。まー、食事の代わりにはならないよね。おやつと思って食べてください」

雑煮をいただく間にも、一人用の小さなお重に詰められたお節が運ばれてくる。笈川さんが作ってくれたお節とは、当然味つけが違っていて、祥は食べ比べの気分で楽しくいただいた。腹が満ちたところで、祥は言った。

「お庭を拝見してもいい？」

「もちろんどうぞ。案内しようか？」

「んー……、寒いから遠慮する。ここから見せていただくよ」

「ホントに寒がりさんだねぇ」

苦笑をこぼした深山は、立ち上がって襖と、側縁の障子も開けてくれた。上げられた蔀戸《しとみど》の向こうには、遣《や》り水を配した庭が広がっていた。池もある。その池に架かる板橋の向こうは、森のように見える庭になっている。わあ、と祥は呟いた。

「都心とも思えない。素晴らしいね」

「もっとこっちにおいでよ。秋になると楓《かえで》が色づいて、池に紅葉のいかだが浮かんで綺麗なんだよ」

「だろうね……」

敷居ぎわまで出た祥は、ゆっくりと庭園に視線をめぐらせた。

遣り水も岩の位置も、人工の庭とは思えないほど緻密《ちみつ》に自然美をつくりこんでいる。まるで、森の奥のこんな場所に家を建てたようだ。側縁のすぐ外を走る遣り水は清らかで、湧水《ゆうすい》のようだし、それが注ぐ池も深い青色を見せていて、澄んでいることがわかる。きちんと手入れはされているが野趣を残した風情に、しんと心が静まる。祥は池の向こう側に椿を見つけてほほえんだ。

「椿がたくさんあるね……、まだつぼみは堅いのかな」

「そうねぇ、お山はまだ寒いからねぇ」

「ああ、深山さんの地元から移植した椿なんだね。何色の花が咲くの？」

「ここにあるのは全部、祥の好きな白い花」

「うわぁ……時期がきて一斉に花が咲いたら、とても綺麗だろうね……」

祥はうっとりと想像した。朝日を弾く濃い緑の葉や、闇《やみ》にぽうっと浮かぶ白い花……。深山はまるで祥を誘惑するように、ますますうっとりさせることを言った。

「雪の上に落ちた花は、雪よりも白いんだよ。森の奥には香り椿もある。花が咲くと、上等な香水でも撒《ま》いたみたいな甘い香りが、ここまで漂ってくるよ」

「そうなんだ……」

「お山はこんなものじゃないよ。冬の終わりを告げる梅《うめ》や、春爛漫《らんまん》の桜、青空にきりりと映える辛夷《こぶし》の花。夏には姫沙羅《ひめしゃら》、秋には一面の紅葉、春夏秋冬、きっちりと変わる風の匂い」

「うん……」

「お山では、草木だけじゃない。動物たちだって祥に挨拶をしてくれる。そこでなら祥は、行平の家のことも、祥をがんじがらめにしてるくだらない事情も、なにもかも考えなくていいんだ」

「深山さ……」

「祥は自分のことを考えればいい。今まで考えるなと言われてきた自分のことだけを考えればいい。祥はただ祥でいればいいんだ」

「深山さん……」

祥は祥でいればいい……、そう言われたとたん、涙があふれた。泣いたのなんて、父親が亡くなった時以来だ。祥は祥であればいい……、たったそれだけの言葉なのに、心を鷲掴《わしづか》みにされたように胸に響いた。

「ごめ、ん……っ」

「謝ることはないんだよ」

口に手をあてて嗚咽《おえつ》をこらえる祥を、深山は強く抱きしめた。この世界のあらゆるものから祥を守るように、深く胸に抱いて深山は言った。

「今までずっと我慢をしてた？」

「べつ、に……、我慢、なんか、してなかったよ……」

「……嘘はいけないよ？」

「ほん、と、だよ……。我慢は、さ……、やりたいこと、こらえることを、我慢ていうでしょ……」

「うん……」

「やりたいこと、考えなければ、我慢する必要も、ない……」

だから自分がどうしたいかも、それどころか、自分自身のことさえも考えないようにしてきた。今の自分のことも、未来の自分のことも。考えたところで、何一つ自分の好きにはできないからだ。

「なのに今さら、自分のことを考えろって言われるの、つらいよ……」

「祥。大丈夫だよ……」

「だって……、空っぽの自分を見るのはつらいよ……、ただ生きてきただけの自分を見るのはつらいよ……、自分で自分を責めるのは、つらいんだよ……」

助けを求めるように深山にすがりついた。深山の上質なシャツを涙で濡らすと、深山は覆いかぶさるように、いっそう深く祥を胸に抱きこんだ。

「……俺はね。祥を幸せにするためにここにいるんだ。だから祥がどうしたら幸せになれるのか、見つけるまで何年でも何十年でもそばで待つよ」

「な、に……？」

「だから祥はゆっくり考えればいい。いつか祥の幸せが見つかったら、俺は自分の名に賭《か》けて祥を幸せにしてみせるから」

「……」

祥が深山の胸で鼻をすすると、ひょいと祥を抱き上げた深山が、畳にあぐらをかいて祥を横抱きにした。

「はい。ゆっくり泣いていいよ」

「……もう、大丈夫」

手のひらで涙を拭って、祥は深山を見上げた。

「…幸せっていうならね……」

「うん？」

「僕は今が一番幸せだよ。深山さんがいることが幸せ……、僕のそばに、こうして深山さんがいることが……」

「祥……」

「本当だよ。深山さんさえいれば……、ほかにはなんにもいらない」

正直な気持ちだった。結果として恋を打ち明けることになったが、それが自分の本当の気持ちだから、告げることにためらいはなかった。だが深山は答えなかった。わずかに眉を寄せて祥をじっと見つめ返すばかりだ。その瞬間、失敗した、と祥は悟った。深山はたぶん、祥のこんな気持ちは必要としていないのだ。

「……」

サクッと胸に氷の刃《やいば》が刺さったような感じがした。どうすればいい。この失敗をどう取り繕えばいい。どうすれば口にしてしまった言葉をなかったことにできる……？

祥は強《こわ》ばった微笑を浮かべて言った。

「冗談、だよ」

そう言って深山のあぐらから逃れようとしたが、深山に肩を摑まれ、ダンと畳に押さえつけられてしまった。真上から祥を見下ろす深山の目が、真剣すぎて怖い。息を詰めた祥に、今まで聞いたことがないほど厳しい声で深山が言った。

「本当か」

「な、に……」

「今言ったことは本当か。本当に俺がいればいいのか。俺がいるだけで祥は幸せか」

「……本当、だよ……」

「俺に嘘をつくと罰を与えるぞ」

深山は祥を脅すような怖い微笑を見せた。けれど祥は、なんだ、そんなことを確認したかったのかと思い、体の力を抜いて、ほほえんで答えた。

「……本当だよ。深山さんさえいれば、あとはなにもいらない。今だってなにも持ってないんだ。捨てるものなんかない」

「真実だな？」

「うん。深山さんさえいれば僕は幸せだよ」

「わかった。祥の願いを叶《かな》える」

傲岸《ごうがん》に言った深山は凄味《すごみ》のある微笑を浮かべ、祥を押さえつけたまま荒々しく唇を奪った。存分に口の中を舐め回され、食らわれると思うほどに舌を吸われる。むさぼられるまま、息もつけない口づけに軽いめまいさえ覚えた祥が、んん、と甘いうめきを洩らすと、唇を離した深山が高く笑った。

「初心《うぶ》でよい。俺の大事にふさわしい」

「……深山、さん……？」

「俺の地元で祭りが開かれる。祥も一緒に行こう」

「お祭り……？」

頬を上気させたまま、かすれた声で祥が尋ねる。深山の瞳に一瞬、獰猛《どうもう》な光が宿ったが、ふっと笑うことでそれを消すと、ひょいと祥を抱き起こしてあぐらに載せた。

「今年は大祭だから、どうしても戻らなければならない。ついでに祥を連れていく。……来るだろう？」

「うん……」

祥はほほえんでうなずいた。深山の地元や祭りを見るのも楽しみだし、なにより深山と二人で旅に出られることが嬉しかった。そっと深山に身を寄せると、深山はしっかりと抱きしめてくれた。


東京の雪のシーズン、二月の頭だ。

大学は入試のため一週間の休みとなり、祥と深山はそれを利用して、深山の地元に向かっているところだ。

「この間久しぶりに、実家の事務局の人間が来たよ。深山さんはどういう人なのかって」

「俺の身上調査？　なんもわかんなかったから祥に直接聞いたのかな？」

「そうみたい。深山さん、本当に裏口入学なの？　ウチの祖母をもってしても、深山さんの個人情報、取れなかったってよ？　理事長のコネとか？」

「いや、大口出資者のコネ」

「はぁ……、それは無敵だ」

「で？　祥はなんて答えたの、俺のこと？」

「とても博識な先輩で、勉強でいつもお世話になっていると言ったよ。それ以上のことを祖母に知らせる必要はない」

「そりゃそうね」

ははははと深山は笑った。新宿《しんじゅく》から中央本線《ちゅうおうほんせん》に乗って二時間少し、そこからバスでさらに二時間。目的地に到着した時には三時半を少し回っていた。

「祥、だいじょぶ？　疲れたでしょ」

「お尻《しり》が痛いかな……」

バスを降りて祥は苦笑しながら答えた。だがすぐに、冷涼な空気に包まれて、座りすぎで痛む尻のことなど頭から飛ばしてしまった。

「ああ……、綺麗な空気だね……。緑の香りもとても濃い。気持ちがいいね。ここが深山さんの地元なんだね」

すうっと深呼吸をしてあたりを見回した。

まさに山間。どこを向いても視線は山にぶつかる。今立っているバス停がちょうど集落の入口で、ここからゆるい坂道が伸びていて、道の両脇には土産物店や飲食店、旅館などが建ち並んでいた。メインストリートなのだろう。視線を左に転じると、坂に沿うように小さな川が流れているのが見えた。その向こうには、冬でも水の張ってある田が広がっている。水田のあちこちに、ぽつんぽつんと家が建っていたり、あるいは平屋建ての工場のようなものもあった。今度は右手を見る。バス路線にもなっている県道沿いに、役場と旅館、飲食店がある。どこも夕方の商店街のように人で賑《にぎ》わっている。再びメインストリートに視線を戻し、祥は言った。

「……気を悪くしたらごめん。思ってたより人がたくさんいるね。子供たちもたくさんいるし。もっと寂しいところなのかと思ってた」

「祭りのあるこの時期は観光客が多いんだよ。特に今年は五十年に一度の大祭だから、稚児行列も出るし、奥宮の門も開くから、特に見にくる人が多い」

「稚児行列？　へえ、ここの神社はどの神様を祀《まつ》っているの？」

「ご神体はあの山だよ」

深山がすっと前方を指差した。集落を従えるように、どっしりとした山が見えた。全体が、紗《しゃ》がかかったようにグレーに見える。首をひねった祥に、椿のつぼみだよと深山が教えた。

「あれが全部咲いたら、雪が積もったように見えるよ」

「すごいね……、見てみたいなぁ……」

「あとで見せるよ」

「え？」

「さて、村に入ろうか」

深山は謎《なぞ》めいた微笑を浮かべて祥の背中を押した。メインストリートをゆっくり上りながら深山は説明をした。

「あれは地元じゃ椿山って呼ばれてるんだ。それ見て」

「うん？」

深山が指差したのは、軒から軒へと張り渡されている細い注連縄《しめなわ》だった。等間隔に紙垂《しで》が下がっていて、下端に紋のようなものが押されている。深山が言った。

「あれは椿の紋だよ。商店や旅館の間口にも椿の枝や、椿の花の飾りがあるでしょ」

「本当だ……、ああ、ご神体が椿山だから椿のお祭り？」

「そう。椿山のふもとに神社があるんだ。五十年に一回、山から神様が下りてくるって言い伝えられてて、ちょうど今年がその大祭」

「ふうん。かなり独特な信仰だね。稚児行列があるって言ってたけど、じゃあ御神楽《おかぐら》も？」

「あるよ。ほかにも種饅頭《たねまんじゅう》って呼ばれてる縁起物のお饅頭が配られる。ま、どれもこれも観光客を呼び寄せる見せ物だけどね」

「うん？　昔はこうじゃなかったの？」

「……違ったよ。神楽はあったけど、稚児行列も種饅頭も、ほんの五百年くらい前に始まったもんだよ。どっちも山の神様のためっつーより、自分たちが得をしたいからっつー理由でねぇ」

「うーん……、すごく人間ぽいとは思うけど、神様にとっては迷惑な話だね。深山さん、さすがに地元のことに詳しいね。ご実家はなにをなさっているの？　やっぱり貴族の末裔なんでしょう？」

「ウチは地主だよ。ここから見えるかぎりの、すべての山の地主」

「……もしかして、大地主!?　山林王!?」

思わず大きな声で言ってしまった。周囲の人たちがサッと視線を向けてきたので、慌てて口をつぐむと、苦笑をした深山が、一休みしようと言って、手近の飲食店に入った。二階の畳席に案内される。窓際の席に腰を落ち着かせると、深山がメニューを開きながら言った。

「もうちょいで日没でしょ。そしたら行列が始まるから、それまでここでごはんでも食べながらのんびりしよう」

祥はうんとうなずいた。料理を注文して、ふうと一息つく。香ばしい蕎麦茶《そばちゃ》を一口飲んで、祥は小声で尋ねた。

「深山さん、そんな大地主の息子なら、有名なんでしょう?　ふらふら歩いてていいの?」

「平気だよ。俺が地主ってことは宮司しか知らないし」

「…どういうこと?」

「借地人が地主の顔を知らないってのは、今じゃよくあるでしょ」

「あー……、仲介業者が入ってるから?　でも実家はここにあるんでしょう?　それなのに深山さんを知らないって、そんなことある?」

「だって俺、大祭だから来たんだもん。前回の大祭から今日の大祭まで、里に顔出したことないし」

「……ええと、ふだん深山さんたちは別宅に住んでて、ここの本家にはおじいさまとおばあさまが住んでるのか。だよね、ここは若い人にはちょっと不便だもんね」

「んー、まーね」

曖昧な答えをして深山は苦笑した。のんびりと食事を進めるうちに日は山の向こうに沈み、窓から見下ろした店々にも明かりがともる。どこからかシャンという鈴の音が聞こえてきた。お茶をすった深山がつまらなそうに言った。

「稚児行列が始まった。見物ならここからがいいよ。下は人でいっぱいだろうから」

「あ、うん、特等席」

祥は目を輝かせ、窓に顔を寄せて通りを見下ろした。

行列はメインストリートをゆっくりと上っていく。先頭では巫女《みこ》装束をまとった中学生くらいの少女が、緊張した表情で神楽鈴を振っている。そのあとを、稚児装束に身を包んだ子供たちが、二列になって歩いていった。女児の天冠《てんかん》の飾りや男児の烏帽子《えぼし》が、金色ではなく銀色であることがめずらしい。手に手に、造花だろうが白椿の枝を持っている。首には小さな巾着《きんちゃく》をかけていた。

「みんな巾着をかけているけど、あれはどうして？」

祥が尋ねると、深山はなぜかぶすっとした表情で答えた。

「大祭の夜、お山さんから椿の種を貰《もら》った人は、なんでも願いが叶うって言い伝えがあるからね。どうかこの巾着に種を入れてくださいってことなんでしょ。昔はねぇ、そんなおねだり用品は持たなかったもんだけど」

「ああ、じゃあみんなに配る種饅頭は、その本物の種の代わりなんだね」

「そー。種を貰えなかったみんなにも、ご利益がありますようにってことなんでしょうけど、んなもんあるわけないじゃんねぇ」

「そういうことを言うものじゃないよ。本当にありがたいと思ってる人を傷つけるよ」

「少なくとも現在のこの村には、ありがたいと思う人間はいないよ」

「もう深山さん……。五十年に一度のお饅頭なんだよ？　貰えた人は、きっとこれでいいことがあるって思うでしょう？　神様を信じる、信じないとかじゃなくて、お饅頭を手にした時のそういう希望感は、誰にとっても大事なことだよ。前を向くきっかけっていうかさ。そういう気持ちをくれる縁起物を馬鹿にするのは、よくないよ」

祥が静かにそう諫《いさ》めると、深山は少し驚いたような表情をして、それからふふっと笑った。

「うん。そうだね、そうだ。悪かったです」

「僕に謝ることじゃないよ」

「うん。いやー、祥、さすが。俺の大事にふさわしい。俺は見る目があるねぇ」

「ねぇ、この間から気になってるんだけど、大事ってどういう意味？　ご苦労さまって意味じゃないの？」

「お、ごはん全部食べたね。んじゃそろそろ、社《やしろ》に行こうか。もうすぐ奥宮の門が開くと思うよ。

大祭のクライマックスです」

「あ、うん」

なんだかはぐらかされた気分だ。それでも祥は問い詰めようとはしない。言わないのは、言いたくないからだとわかっている。そして自分はまだ深山にとって、すべてを話せる相手ではないのだとも思った。

店を出て、人でごった返すメインストリートを上っていく。通りは商店の明かりで眩《まぶ》しいほどだが、空を見上げると恐ろしいほどの星が見えて、ここが山の中なのだと実感する。キンと冷えた空気と足元から立ち上る冷気で祥が身ぶるいをした時、メインストリートをスパッと断ち切るように鳥居が現れた。それをくぐった中は、こんな山間の神社とも思えないくらい、広い境内だった。前のほうからシャン、シャン、という鈴の音が聞こえるが、人が多すぎてまったく見えない。祥は諦めて深山に尋ねた。

「御神楽やってるの？」

「うん。……あー、祥、人波に埋もれちゃって、それじゃ見えないねぇ」

深山ははははと笑うと、祥の腕を引いてグイグイと人波をかき分け、横に進んだ。

「誰に向かって舞っているのかわからない神楽なんか、見る必要はないよ。奥宮の門が開くところが見たいなら、特等席で見せてあげます。とにかく母屋へ行こう」

「ああ、挨拶ね」

この集落で深山の家と懇意にしているのは、宮司だけだと先ほど聞いている。深山に手を引かれることでなんとか人込みをかきわけ、神楽殿とは反対側にある社務所のあたりまで来た。このあたりはさすがに人もまばらだ。社務所の裏に回り、拝殿の横へ向かって歩いていくと、平屋建ての母屋にぶつかった。深山はまるで我が家のように、なんの遠慮もなく玄関の引き戸を開ける。広い三和土《たたき》に踏みこむと、大祭の夜だからか、廊下を慌ただしく人が行き来していた。白いエプロンをかけている女性が立ち止まって、とまどっていることがわかる微笑で会釈をした。

「はい、なんでしょう？」

深山はにこっと笑って答えた。

「深山ですぅ。ご当代に会う約束してるんだけど」

「あ、はい、少々お待ちを」

そのまま数分、待っていると、奥からバタバタと宮司が出てきた。赤袍《せきほう》と紫袴《むらさきばかま》をまとった四十代半ばくらいの男性だ。目を見開き、脂汗でもかいているような様子で、ひどく狼狽《ろうばい》している。

それでも深山に向かって九十度に腰を折り、それを四十五度の角度まで戻して言った。

「お山様、…」

「深山」

とたんにぴしゃりと深山が言う。宮司はビクッと体を揺らすと、深山様、と言いなおして体を起こした。

「お待ち、申し上げておりました……」

「さて、どうだかねぇ」

「……お、お疲れで、ございましょう……、奥の間へ……」

「まあどうせ、おもてなしの用意もしてくれてないんでしょうけど」

嫌味たらたらに言う。深山の家はこのあたり一帯の地主だそうだが、まさかご神体である山まで持っているわけではないだろう。外の人間にはわからない、なにか複雑な関係や、あるいは因習でもあるのだろうか？

（それにしても……）

宮司の様子がどうもおかしいと思った。ひどく緊張している。ちらちらと深山を窺っているが、その目にはなぜか深山を怖《おそ》れているような色と、同時に濃い疑いの色もあるのだ。なんだろう、と思いながら廊下を進み、ようやくのことで廊下の突き当たりに出た。この広い母屋の一番奥だろう。数段の階段を上り、白椿の絵が大きく描かれている杉戸を開けた。深く頭を下げる宮司の前をとおり、部屋に踏み入る。

（……空っぽ……）

祥はちょっとびっくりした。広い和室だった。向こう正面に巨大な厚畳が二枚重ねてあり、上に茵《しとね》が置いてある。その後ろに銀色の几帳。それ以外、調度がなにもないのだ。深山は祥の手を引いてずかずかと厚畳に上がると、茵を横にずらして祥に言った。

「はい、ここに座りなよ。俺はじかにあぐらかくから、座布団いらないし」

そう言ってどっかりとあぐらをかいた深山に、祥は小声で言った。

「ちょっと、ここ上座だよ」

「うん。当たり前でしょ、俺の座だもん。いいからほら、座って。正座しなくていいよ、足、投げ出しちゃって」

「行儀が悪いって」

「じゃあ俺のあぐらに座る？」

「こういう時に冗談言わないでほしいな」

軽く深山を睨んで、茵に正座したところで、杉戸の向こうから年老いた男が入ってきた。こちらは黒袍と紫袴だ。老人は深山の正面、厚畳の前で平伏した。

「深山様、お久しゅうございます」

「いやぁ、そうでもないでしょ。あんたも生きててよかった」

深山のぞんざいな答えを聞いてから、老人はゆっくりと面《おもて》を上げた。宮司同様、ひどく緊張した表情だ。深山がふんと笑った。

「今は倅《せがれ》が当代なの？」

「はい。二十年ほど前から」

「先代さぁ、ちゃんと倅を教育したのぉ？　俺が来ること信じてなかったみたいよ？　さっき玄関で俺のこと、化物でも見るみたいな顔で見てくれちゃったしー？」

「申し訳、申し訳ございませんっ」

老人は再び平伏し、まだ呆然《ぼうぜん》とした様子で杉戸の前に突っ立っている宮司に、控えろと叱《しか》りつけた。深山は、まあいいけど、と言うと、慌てて平伏した宮司にちらりと視線を向けた。

「当代さんさぁ」

「…っ、はいっ」

「いちおー俺は大祭には顔を見せることにしてるの。先代さんから聞いてるんでしょ？　しかも二、三日前には、わざわざあんたに使いを出したよねぇ？　そんでもあんたは、俺が来ること信じなかったわけ？」

「申し訳、ございませんっ」

「あんた、なんのためにここにいて、誰のために宮司やってんのよ。ホント俺、がっかりよ。あんたの子供が跡を継いだら、ちゃーんと俺のこと説明しといてよね。次の大祭の時にまた今日みたいな不愉快なことされたら、俺もう、見捨てるよ」

「はいっ、はい、申し訳ございませんでしたっ」

今や宮司の顔は真っ青だ。祥は、どういうこと？　という視線を深山に向けたが、深山はニコニコ笑うばかりで教えてくれない。もう、と溜め息をついたところで先代が顔を上げた。上目遣

いにちらりと祥を見て、恐る恐るといった感じで深山に言った。

「深山様……、そちらのお方は……」

「んー、行平祥。連れていく」

「連れて……？　まさかとは思いますが、外のお人をお大事になさるおつもりではございませんでしょうね……？」

「今さら、内も外もないと思うけどねー」

「深山様、それは、…」

「さっきちらりと見たけどさ」

先代の言葉をスパッとさえぎって深山は続けた。

「稚児行列は仮装行列、神楽舞にいたっては客寄せパフォーマンスになっちゃってるじゃない。あれのどこが神事なの？」

「そのようなことは……っ」

「ないって言うの？　んじゃどうして誰も俺のこと、見なかったんだろうねぇ？　当代さんからして、俺のことを疑ってたよ？」

「畏《おそ》れながら、お山様、…」

「深山」

「…っ、畏れながら深山様。ここは深山様の国なれば、…」

「それも今さらでしょー」

深山はふんと鼻を鳴らした。

「田圃《たんぼ》の中に家やら工場やら建っててさぁ、旅館や土産物屋もバンバンできて。お山の椿や月鏡《つきみ》の沢あたりを観光名所にして、観光客呼んでるんでしょ？　もう米一本で食ってる人なんか、いないでしょうが」

「いえ、それは、……」

「道路も立派になっちゃってねぇ、カメリアラインなんて名前がついて、路線バスまで走っててさ。あの道や橋を造るのに、どれだけ山を削ったんだろうねぇ。公共事業でずいぶん儲《もう》かったんじゃないの？」

「深山様、……」

「あんたたちはさ。豊かな自給自足の生活なんて、もうしたくないでしょ。この土地にすがりつくより、外に出て働いて、金を手にして、それで米やら野菜やら買うほうがいいんでしょ？　だったらもう、あんたたちの誰かから大事を選ぶ必要もないよねぇ、なにしろ俺があんたたちに必要とされてないんだから」

「お待ちください、お待ちくださいっ」

先代は、思わず、といった感じで深山にいざり寄り、必死な顔つきで言った。

「深山様のお怒りはごもっともではございますが、しかしお大事は深山様のお大事というだけではなく、この国のお大事でもございます、なればこの地の者より、…」

「それなら問題ない。祥は多喜子《たきこ》の末だからねぇ」

「……」

軽く言った深山の言葉で、先代が絶句した。目を見開いて、口さえもぽかんと開けて祥を凝視する。驚いた祥がビクリと体を揺らすと、大丈夫、というように祥の手を握って、深山が言った。

「多喜子の椿、まだ咲いてないそうじゃない。その多喜子に頼まれたんだ、文句は言えないはずだよねぇ」

「……御意に、ございます……」

うめくように言って、先代が平伏する。深山は祥に笑顔を向けて言った。

「んじゃ祥、そろそろウチに行こうか」

「あ、うん……」

「先代さん、今日は祥がいるから表から帰るよ」

深山が言うと、先代と宮司がビクッと体を揺らすほど驚いて、慌てて立ち上がった。ことのなりゆきがまったく理解できない祥は、ぼんやりしたまま深山に手を引かれて立ち上がる。先代と宮司が二人がかりで祥たちの背後の几帳を上げた。飾り金物のついた白木の扉が現れる。深山がトンと片手で軽く扉を押すと、キイ、という軽い音を立てて扉は開いた。向こうは三畳ほどの畳の間、式台、石張りの三和土を備えた広い玄関になっていた。三和土にさっと下りた宮司が沓《くつ》を二足、並べて出してくれる。深山は微苦笑をして祥に言った。

「馴れてないと履きづらいんだけど、まー、つっかけの要領で履いてくれる？　ガラガラ引きずっちゃって構わないから」

「あ、うん……」

生まれて初めて沓を履き、履きづらいという以前にバランスを取ること自体が難しくて、祥は深山の腕にしがみついてしまった。宮司が両開きの白木の扉を外へ向かって大きく開けた。サアッと山の冷気が吹きこんでくる。祥は身ぶるいをして、深山の腕にしがみついたまま、真っすぐに白砂が敷き詰められている道に踏み出した。

右手の向こうに拝殿が見えた。白砂の道は拝殿の真後ろに続いている。沓を引きずり、シャリシャリと音を立てながらなんとか拝殿の真後ろまでやってくると、深山が足を止めて、右側を指差して祥に説明した。

「あれ、拝殿ね。後ろの戸が開いてるのわかる？　境内が見えるでしょ」

「あ、うん。素通しになってて、めずらしいよね」

「大祭の時だけあの戸が開くんだ。そんで、これが」

今度は左側の小振りの社殿を示した。

「社の形をしてるけど、奥宮へ続く門。大祭のメインイベント、奥宮への扉が開くっつーのは、拝殿の後ろの戸が開いて、外からこの社が見えるってことなんです」

「ああ、お寺で言うご開帳みたいな？　そうか、ご神体がこの山なんだもんね」

「そー。で、奥宮はここから山を上った先にある。俺んちは奥宮のほうだから、ここから行くのが一番近いんで、いつもここをとおって帰るわけ」

「はぁ～……」

社を門代わりに使うことも驚くが、ご神体である山に深山本家があるということも驚きだ。先ほど先代宮司も当代宮司も深山に平身低頭だったことを考えて、やはり大地主というより、お殿様という位置付けなのだろうと祥は思った。

「はーい、じゃあ祥、行こー」

「でも向こうから見えるよ、まずいんじゃないかな、一般の人は立入禁止なんでしょう？」

「自分ちの門をくぐるんだもん、まずいわけないでしょ。ほらほら」

「あ、うん……」

いいのかな、騒ぎにならないかなと心配しながら社の正面に立った。豪華で精緻《せいち》な飾り金具のついた両扉を、深山が大きく開け放つ。社の中は、向こう正面の扉がすでに開いていて、山中に伸びる朱色の板橋が続いていた。

「橋？　川でもあるの？」

祥が首を傾げた時だ。ひい、というかすかな悲鳴と、人が倒れたような音がした。驚いた祥が振り返ってみると、深く頭を下げる先代の横で、当代宮司が腰を抜かしているのが見えた。パニックを起こしている表情だ。

「深山さん、宮司さんがっ」

「今さらなにを驚いてるんだかねぇ。放っとけばいいよ。行くよ、祥」

深山にぐいと腕を引かれて、祥はうんとうなずいて、先代と当代に会釈をして、社の中に入った。


空っぽの社の中を素どおりして橋を渡る。境内のざわめきや神楽舞の鈴の音が、山の闇に吸いこまれたように消えた。深山を歓迎しているように、ざわざわという葉ずれの音がする。たちまち濃い緑の香りに包まれて、祥は微笑を浮かべて深呼吸をした。

「ああ、山の匂い……。それに、みんなが深山さんを歓迎しているように感じる」

「地主様のお帰りだからねぇ。……あ、手を出すんじゃないよ、祥は俺の大事だ」

「え?」

「いや、みんな興味津々なんだよ。祥にさわろうとしたから、止めた」

「え、動物がいるの!? 鹿《しか》!? 兎《うさぎ》!?」

「動物は……、貂《てん》がそこにいる。でもこう暗くちゃわかんないでしょ。朝になったらいろいろ会わせてあげるよ」

「うん、楽しみにしてる」

そんなことを話しながら、思っていたより緩やかな坂を上る。当たり前だが街灯が一つもない。それなのにうすぼんやりと明るいのが不思議だった。しばらくすると、ひどく甘い香りが漂ってきた。クンと鼻をきかせた祥に、深山がほほえんで教えてくれた。

「香り椿の匂いだよ」

「これが!?　すごい……濃厚な香りだね」

「祥が来たからねぇ、興奮してるんでしょ。あ、あれが俺の家」

「ん？」

指を指されて坂の上に視線を向けると、吊《つ》り灯籠《どうろう》に照らされた大きな玄関が見えた。門がないのは誰もここまで来ないからだろう。家に近づくにつれ、あたりの森が手を入れた日本庭園に変わっていく。玄関前に立った時には、これが家というよりお屋敷、大豪邸だと祥は悟った。カラリと引き戸を開けた向こうは、次の間つきの広い玄関だ。けれど出迎えの人は誰もいない。祥は小声で尋ねた。

「あの、ご家族のかたは？　来ていないの？」

「いないよ」

「別宅のほう？」

「いや、俺に家族はいない」

「あ……」

深山も両親を亡くしているのか、と思った祥は、寂しいね、と深山に言ったが、深山は笑って首を振った。

「もともと家族ってものがいない。いないものは寂しがれないだけ」

「え、それって……」

「今は祥っていう大事ができたから、祥がいなくなったら、そりゃあもう、ミイラ化するほど寂しくなると思うけどさ」

「大げさだよ。それに僕は、ずっと深山さんのそばにいる。いなくなったりしないよ」

「うん。満足、満足」

深山はニッと笑って祥の肩を抱いた。

深山とともに、屋敷の奥へ奥へと、延々と廊下を歩いていく。庇《ひさし》に吊り灯籠がずっと提げられていて、煤《すす》の匂いがした。山奥だし、電気は自家発電になるのだろうから、なるべくロウソクなどを使うようにしているのだろう。渡り廊下や吹き抜け廊下で棟から棟へと渡っていく。いったいどれほどの広さがあるのだろうと祥は驚嘆した。

「深山さんの家、本当に広いね」

「まー、土地だけはあるからね」

「でもこの山、ご神体なんでしょう？　こんな開発っていうか、宅地にしちゃっていいの？」

「ここは昔から俺の山だよ。誰の許可がいるっていうの」

「そうだけど、……なんかよくわからないなぁ」

深山の説明では、里に人々が住みつく前から、深山の先祖はここに居を構えていたことになる。どういうことなんだろうと考えるうちに、ようやく深山の部屋にたどりついた。ここへ来るまで誰にも会わなかったが、祥の実家でも使用人は呼ばれないかぎり姿を見せなかったから、そういうことなのだろうと思った。

「はい、座って」

「うん」

深山の部屋は、これまた想像を絶する広さだった。下段、中段、上段の三間続きで、上段には厚畳を並べた、まさに御座《おまし》といった様子の座があるのだ。その上には、茵が二枚、並べて敷いてあった。勧められて茵に正座した祥は、「高いところから下座を見下ろす」という初めての経験に、冗談でもなんでもなく、深山は本当にお殿様なのだと思った。

ふう、と溜め息をこぼしたところで、東京の深山の下宿先で雑煮を作ってくれた老婦人……五葉がやってきた。その後ろに、あでやかな小袖《こそで》を着た十五、十六歳くらいの少年が二人、つき従っている。目元の涼やかな驚くほど綺麗な顔立ちは瓜二《うりふた》つだ。美形の双子、と祥が目を丸くしていると、二人が深山と祥の前に茶を置いた。深山がふふっと笑って祥に紹介した。

「こっちの髪の長いほうが青葉、短いほうが紅葉っつーの。髪型でしか見分けつかないから、祥も髪の長さで見分けてね」

「あ、このかたたちが、東京で言ってた……」

「そう。せっかく祥を初めて家に招いたんだからさ、五葉なんてばあさんじゃなくて、この二人に出迎えさせたかったんだよねぇ」

「深山さん。女性に対してとても失礼だよ」

祥が少し厳しく言うと、青葉と紅葉が、お山さんが叱られた〜、と言って笑いながら中段の間に下がった。五葉が、深山だけではなく祥にも深々と頭を下げた。

「お帰りなさいませ、お山さん。お大事さん」

「はい、さすがに疲れました」

お大事さんはご苦労さまの方言だと思っているからそう答えたのに、またしても深山にププッと笑われた。どうして笑うの？　と小声で尋ねた祥に、深山はニヤニヤ笑いながら言った。

「長旅ご苦労さまと思ってさ。軽く夜食を食べたら、お風呂入って寝ちゃおう」

「あ、うん、賛成。結構本当に疲れてる」

「じゃ、五葉、そういうことだから」

かしこまりました、と頭を下げて五葉たちが下がっていった。祥がじっくりと素晴らしい襖絵を鑑賞していると、深山が丁寧に、あれは月鏡の沢の風景、そっちは雲滝《くもたき》の風景、と説明してくれる。今ならもっと奥へ行けば凍りかかっている滝が見られる、など、わくわくする話を聞きながら夜食をいただいた。それから風呂場に案内されたが、そこがまた予想どおりの広さで祥を呆れさせた。湯槽は当然のことながら、壁板や洗い場の簀子《すのこ》まで総檜《ひのき》造りだ。

「……昔のお殿様は、洗ってくれる係の人もいたってことだから、これくらい広くないと入れなかったんだろうな……」

洗い場には真新しい湯桶《ゆおけ》と洗面器と椅子に、こちらも真新しい椿油の石けんとシャンプーとリンスがあった。たぶん、祥のためにわざわざ用意してくれたのだろう。あるもので構わなかったのに、と申し訳なく思った。柚子《ゆず》の香りのする風呂にたっぷりとつかって長旅の疲れを癒《いや》し、体も芯から温めて風呂を出ると、予想はしていたが、羽二重《はぶたえ》の小袖が寝巻として用意されていた。

「小袖一枚ならなんとかなるけど、明日の着替えに着物を出されたら、一人じゃ着られないな……」

素肌に小袖一枚を着て、祥は困ったような溜め息をこぼした。それに下着がないのものすごく不安だ。歩いている時、見えたりしないだろうなと思いつつ脱衣所を出ると、次の間では青葉が待っていた。

「寝巻、着られましたか？」

「はい、なんとか。……おかしくないですか？」

「大丈夫です、もう寝るだけだし。お寝間に案内します。寒いからどうぞ」

そう言って、椿の染めの美しい長羽織を肩にかけてくれた。羽織の前をしっかり合わせると、ノーパンの不安が少し和《やわ》らぐ。初対面の青葉に頼むのも恥ずかしいので、深山から、下着を用意してくれるよう、言ってもらおうと思った。

風呂場から寝室までは、廊下の角を一つ曲がっただけで到着した。ここも下段、上段の二間続きで、上段に置かれた厚畳の上に、これまたふかふかの厚布団が二枚、重ねて敷いてある。深山の部屋と比べれば、一間分、狭いとはいえ、自分には分不相応の広さと待遇だと祥は思った。

「お大事さん、どうぞ。今白湯《さゆ》を持ってきますね」

「ありがとう」

祥は答えて、そっと厚畳を上り、布団に横になった。背中の緊張がすうっと抜ける。祥がはあと溜め息をついて、疲れたなぁと思った時、正面の襖が開いて深山が入ってきた。祥と同じ、真っ白な寝巻を着ているが、大胆に胸元を広げている様子が色っぽい。ドキリとした祥が、視線を外して慌てて体を起こすと、含み笑いを洩らした深山が遠慮もなく布団に上がってきて、祥の横に腰を下ろした。

「祥。白湯を持ってきた」

「あ、うん、ありがとう……」

深山から大きな碗《わん》を受け取って、たっぷりと水を飲む。甘味さえも感じるほどまろやかな水だ。この山の清水なのだろう。満足の吐息をついて、祥は微笑を浮かべて深山に言った。

「なに、夜更かししてお喋りでもする？」

「いや。お喋りをする気分じゃないな」

「じゃあ……、えっ、深山さ…っ」

突然深山に両手を取られて布団に押し倒された。祥の手から水の碗が転がって布団を濡らしたが、深山は構わず祥に口づけをしてくる。激しくて濃厚な口づけだ。

「んん……っ」

息が苦しい。顔を背けて口づけから逃れようとした祥は、深山が体を重ねてきたのでうろたえた。しかも祥の膝を割り、足の間に体を据えたのだ。完全に組み敷かれている。悟った祥が体を緊張させると、ふっと鼻で笑った深山が、裾《すそ》がはだけて剝《む》き出しになった祥の足をまさぐった。

（…っ、待って待って、展開が早すぎる…っ）

深山の熱い手を腿《もも》に感じて、祥は小さなパニックを起こした。深山と二人で旅行に行くと決めた時から、こうなることは予想していた。けれどその前には、なにかしらの睦言《むつごと》を囁《ささや》きあったりとか、抱き合ったりとか、キスだって優しいものを繰り返して気持ちを高めていくとか、そうした段階を踏んでから行為に進むと思っていた。希望していた。それなのにこんなにいきなり……。

「……んっ、…いやだっ」

とうとう中心を握られた祥が、なんとか口づけを振りほどいて口走った。深山がぴたりと動きを止めた。

「祥？　なんと言った？」

「…こ、こんなの、いやだ……」

荒い呼吸で胸をあえがせて深山を見上げる。そうして祥はギクリとした。深山の表情が怖い。

不愉快そうに眉をひそめ、強い怒りを秘めた冷たい目で祥を見下ろしてくる。いつでもどんな時でも、自分には笑顔しか見せなかった深山の怒りに、祥は怯え、とまどった。

「み、深山さん……？」

「嘘をついたのか」

声さえも低く、怒りに満ちている。祥は鼓動を速め、小さくかぶりを振った。

「う、嘘って、なんのこと……」

「わたしさえいればいいと言ったのは、あれは嘘か」

「わ、わたしって、深山さん？」

「答えろ、祥」

「嘘じゃないよ、本当に深山さんがいれば僕は幸せだよ、でも、…」

「では構わないだろう」

「ちょっと、待って…っ」

深山が乱暴に寝巻の衿《えり》を開いた。祥の肌に口づけ、舌をはわせてくる。祥の気持ちなどおかまいなし、ただ祥を抱きたい、性欲を満たしたいだけに思える傍若無人さだ。祥は腹を立てた。深山の頭を押しやり、なんとか深山の下から逃れようとする。

「やめてよ、深山さんっ」

「怖がらなくてもいい。わたしが肌を合わせる愉しさを教えてやる」

「なに言って……っ、いやだ、離れてよっ、こんなことするために旅行に誘ったんなら、もう帰るっ」

「帰る？」

祥を組み敷いたまま、深山はクックッと笑った。だが目の奥は笑っていない。肌がザワッとするような恐ろしい雰囲気をまとって深山は言った。

「帰れないと言っただろう」

「そんなの、明日になったら、…」

「祥も、帰れなくていいと言ったな」

「言ったけど、こんな、…」

「それなのに帰ると言うのか。わたしを裏切るのか」

「裏切るなんて、そんな、こと……」

「言ったはずだぞ。わたしに嘘をついたら罰を与える、と」

「……っ」

祥は深山に恐怖した。目の前の男は、深山であって深山でない気がした。氷のような眼差し、酷薄そうな微笑。怒りを押し殺した低い声に、身じろぎすらできないほど緊張した。祥は声を出すどころか呼吸すらうまくできない。なにかを言うこともできず、小さくふるえながら深山を見上げていると、その沈黙を反抗と受けとめたのか、深山が残酷そうに目を細めて部屋の外に声をかけた。

「戌丸《いぬまる》」

「……」

静かに襖が開いて、作務衣《さむえ》姿の、恐ろしくがっちりとした体つきの男が入ってきた。深山は祥を冷たく見下ろしながら戌丸に言った。

「祥を本朱の間へ」

「……お大事さんを？」

「軽い仕置きでよい。わたしの大事だ、壊すなよ」

「……」

戌丸が無言でうなずく。深山が祥の上からどいた。逃げるなら今しかない……、そう判断した祥が、寝台からまろび落ちる。立ち上がって表を目指そうとした時、ふっと戌丸の腕に抱えられ、軽い当て身を食らった。あ、と思った時には、プツンと糸が切れたように気を失った。


腰掛けている操り人形のようだった。

染めつけの美しい陶製の座楽に座っている。正座の形のまま足先を左右に大きく開き、その足首と、だらりと下がっている両手の手首が、朱の色も鮮やかな薄絹でくくられている。天井からは緩く撚《よ》った朱綸子《しゅりんず》の薄絹が垂らされ、胸のあたりを縛《いまし》めていた。口にはやはり、朱色の総絞りの薄絹がしっかりと噛まされている。

「……ぅ……」

息苦しさで意識を取り戻した祥は、事態が呑みこめずに、ぼんやりとあたりに視線をめぐらせた。真っ赤な部屋だった。床も壁も黒みを帯びた深い赤……本朱漆で塗りこめられた部屋だ。梁《はり》や柱は黒漆で塗られている。吊り灯籠の明かりが艶《なまめ》かしく反射していて、美しすぎてゾッとする部屋……。

「……っ!?」

ようやく祥は、自分が尋常ではない状況に置かれているのだと気づいた。全裸でおかしな具合に拘束され、立ち上がることもできない。どうして、と記憶をたぐって思いだした。

(そうだ、深山さんが……)

こうしろと、言ったのだ。祥に罰を与えると。

(罰ってなに、罰ってなに……!?)

怖くて鼓動が一気に速まった。手のひらにいやな汗がにじんでくる。どうにかしてここから逃げられないだろうかと試みたが、肩を左右に振るのが精一杯だ。その時、カラリ、という杉戸の開く音がした。

「……っ」

ビクッとして左を見ると、祥よりも少し年上に見える青年が入ってきた。純白の長い髪を、高いところで一つにまとめている。眉もまつげも白い。瞳は淡い紅色だ。巫女のような装束をまとっているが、袴《はかま》は朱色ではなく深緑色だった。青年はあられもない姿の祥の前に正座をすると、三指をついて頭を下げた。

「お大事さん。青松《せいしょう》と申します。お山さんのお言いつけですので、どうか辛抱なさってください」

青松は悲しそうに笑うと、携えてきた蒔絵《まきえ》の道具箱を開け、中から貝紅のような入れ物を取りだした。祥の背後に回り、入れ物の蓋《ふた》を開けると、詰めてある琥珀《こはく》色の練り油を指先にすくった。それを祥の後ろに塗りつける。

「…っ、んぅぅ…っ」

羞恥《しゅうち》と異様な感覚で、祥の全身がサァッと赤く染まった。青松の器用な指先は、祥の襞《ひだ》を広げるように、丁寧に油を塗りこんでいく。油は体温ですぐにトロリと溶け、ひくつく祥のそこへ、青松はたやすく指をもぐりこませてしまった。

「んうぅっ、んんーっ」

祥はくぐもった悲鳴をあげたが、青松はなにも言わずに指を出し入れする。祥の中へ油を塗りつけていく。何度も油を足し、祥の後ろをヌルヌルにしていく。溶けた油が腿に伝い落ちてくると、ようやく青松は指を抜いてくれた。布を噛まされ、閉じることのできない口から苦しげな息を祥がついた時、指とは明らかに違う、冷たい異物を後ろに感じた。ひっ、と息を呑んだ祥の後ろに、指よりも一回り太いなにかが、ゆっくりと、容赦なく挿入されていく。先端をなめらかな半球に加工した、水晶の棒だった。反対端には銀色の長い組紐《くみひも》がついている。

「うっ、ううぅ……っ」

指よりもさらに深いところまで水晶に犯される。祥は苦しさに背中を反らせたが、青松は構わずにひねりながら水晶を出し入れする。

「んっ……う……」

きつく後ろを締めても、油に塗《まみ》れた水晶はなめらかに動く。時間をかけてなぶられるうちに、後ろにむず痒《がゆ》さを覚え、締めつける力が弱まってしまった。青松が優しい声で言った。

「だいぶほころんでまいりましたね。もう次に進めてもようございましょう」

「んん……っ」

ヌルリと水晶が抜かれる。がくりと体の力を抜いた祥だったが、息をつく間もなく、さらに太い水晶をあてがわれて悲鳴をあげた。

「んんんーっ、んうぅっ」

無理だと、必死にかぶりを振ったが、青松はためらわず水晶を押し入れてくる。いっぱいに拡《ひろ》げられた後ろがジンジンと痛む。奥まで水晶を押しこまれ、苦しさに涙がにじんだ。祥のそこをじっと見ていた青松は、傷ついていないことをたしかめると、よくとおる声をあげた。

「青葉、紅葉」

呼ばれた二人がすぐに部屋にやってくる。淫らな姿で後ろを責められている祥を見ても、顔色一つ変えない。青松がしたように祥にきっちりと頭を下げると、青葉が祥の胸を、紅葉が祥の前を、それぞれ口に含んだ。

「んっんっんんんーっ」

身をよじって祥は泣いた。自分の身に起こっていることが信じられない。青葉に胸を吸われ、もう片方は指でいじられる。誰にもさわらせたことのない前は、紅葉に舐められ、吸われ、しゃぶられる。後ろを拡げられた痛みに馴れるにつれ、胸と前に与えられる快感を体が拾い始める。じわりと肌が熱くなり、前が充血してずくずくと疼き始めた。

「んんっ、ふぅっ、んんんっ」

紅葉の唇が祥をしごく。柔らかな舌が執拗《しつよう》に継ぎ目をなぶる。腰がとろけるほど悦《い》い。たまらずに仰《の》け反った胸を、青葉がキリッと噛む。硬くしこった胸は指でこねられるだけでふるえるほど感じた。鼻から抜ける甘い声を洩らしてしまった時、ふいに、後ろに呑《の》みこまされている水晶を回された。

「あぅっ、うぅっ」

快楽が散らされる。反射できつく締めつけたが、油でぬめる水晶はなめらかに動き、かえって異物感を強く感じるだけに終わった。ゆっくりと水晶を出し入れされる。痛みは感じない。自分の後ろがすでにその太さに馴れてしまっていることを、思い知らされる。入口に与えられるヌルヌルと撫でるような刺激は、焦燥感に似た快感にすり替わっていく。後ろも前も、両の胸にまで与えられる快楽が祥を追い詰める。出したい、いきたいと、それしか考えられなくなる。このまま出したい……。ねだるような鼻声をこぼしたところで、後ろから水晶が抜かれた。

「んんぅ……っ」

その刺激に肌が粟立《あわだ》つほど感じた。不自由な体がびくびくと痙攣《けいれん》する。もう出る……、前を吸いしゃぶられながらそう思った時、それまでの水晶とは比べものにならないほど太いものを後ろにねじこまれた。

「…っ、いぁ、あぁぁ……っ」

悲鳴を抑えることはできなかった。限界まで拡げられたそこが熱を持ったように痛む。ずっしりとしたもので腹の中をいっぱいにされる苦しさ。ぼろぼろと涙を落とした祥の萎《な》えかけた前を、紅葉が舌と唇で熱心に慰める。苦痛と快楽が同時に祥を苛《さいな》んだ。

「あ、あ……、あぁぁ……」

「…おつらいでしょうがこらえてください。半刻もすれば、お山さんの情を受けられるお体になりましょう」

なだめるように言った青松が、水晶の端にとおされている組紐を祥の腰に回し、抜けることのないように結い止めた。残酷な仕打ちに祥は頭を振ってやめてと訴えたが、いくらもしないうちに体が祥を裏切った。後ろが、押しこまれている太さに馴れようとしている。苦痛が和らぐにつれ、青葉と紅葉に与えられる快楽に引きずられていく。

「は、は、あ……っ」

　太いものをくわえこんだ尻を無意識に揺すると、水晶がわずかに前後した。異物感にビクッと体を硬くしたが、すぐに快楽に流される。それを繰り返すうちに、中や入口をこすられることさえ快感になった。昇り詰めたい一心で、祥が淫らに尻を揺すり始めると、じっと様子を観察していた青松が、もうよい、と言った。

「お大事さんのためにも、あとはわたし一人で」

　ピチャ、という音をさせて祥のそこから口を離した紅葉が、お可哀相に、と言って部屋を出ていく。同様に、祥の体中に舌をはわせていた青葉も祥から離れ、お山さんは時々子供なんです、と溜め息をこぼし、祥に頭を下げて出ていった。けれど祥には聞こえていない。ぎりぎりまで高められた体の熱をもてあまし、甘えるような、ねだるような鼻声をこぼして青松を見た。

「ふぅ…ん、ん……」

　しかし青松は申し訳なさそうな微笑を浮かべるだけだ。束ねられた白く長い髪をすいと手で梳《す》く。開いた手のひらには、蜥蜴《とかげ》の尻尾《しっぽ》のように細い、真っ白な小蛇が、数匹載っていた。それを認めた祥は、どうして髪から蛇がという驚きと、なにをされるのかという恐怖で、呼吸を乱した。紅葉の唾液《だえき》と祥がこぼした粘液で濡れそぼっているそこに、青松がそっと視線を落とす。いつ達してもおかしくないほど、充血しきってふるえているそれ。青松は小さな溜め息をこぼすと、小蛇を二匹、蜜を垂れながす祥のそこにまとわりつかせた。

「ひ…っ、い、あ……っ」

「大丈夫……、決して咬《か》んだりはいたしません」

「あっあっ、あぅ…っ」

硬く立ち上がっている祥のそこを、小蛇は螺旋《らせん》を描くようにはい下りていく。心底おぞましいのに、はいずられる刺激は脳が痺《しび》れるほど感じた。いく、と息を詰めた時、小蛇が根元にぐるりと巻きつき、ぎしりと締めつけた。もう一匹は袋の付け根に巻きつき、締める。

「あっ、あうぅっ」

痛みが絶頂を阻む。そこからたらたらと蜜をこぼし、祥は激しく頭を振った。さらに二匹の蛇が両手首に放たれる。蛇は祥の腕に絡まりついて上ると、鎌首《かまくび》を伸ばし、しこってとがっている乳首を真っ赤な舌で舐め、つついた。

「ああ、あぁ……っ」

中途半端な刺激がかえって祥をたまらなくさせる。もっと舐めて吸ってほしくて胸を突きだすようにしてしまう。痛々しいほど張り詰めた前からは、トロトロと蜜があふれ続けていた。青松が祥の前に膝をついた。手のひらに残っていた細い細い小蛇をすっと指先で撫でる。とたんに蛇はピンと全身を硬直させた。その蛇を指先でつまむと、濡れきっている祥のものに手を伸ばし、いやらしく蜜をこぼしている小さな切れ目に、硬直している小蛇の尾を差しこんだ。

「ひ…、ひ、あ…っ、いあっ、あああっ」

たっぷりと蜜で潤っている祥の尿道に、なめらかな蛇は抵抗もなく挿入されていく。ジンジンと疼《うず》くような痛みが広がった。締めつけられている部分に尾が届いたことを確認した青松は、尿道に入りきらず、外に突きでている小蛇の頭をそっと撫でた。

「お慰めして」

そのとたん、小蛇は硬直をとき、細い管の中で身をくねらせた。祥は悲鳴を上げて仰け反った。疼痛《とうつう》の奥に、たしかに射精の時の快感を感じた。さらに小蛇は、半身を祥の中でうごめかせながら、その小さな穴をチロチロと舐め始めた。

「ひあっ、あああっ、いあああっ」

気が狂いそうだった。小さな切れ目を射精を促すように舐め責められる。けれど根元を締めつけられ、尿道までふさがれて、決して達することができない。その細い管の内側で小蛇は身をくねらせ、頭まで突き抜けるような快楽で祥を苛む。根元を締めあげている蛇はいつのまにか首を伸ばして、祥のつるりとした狭間《はざま》を舌でいたぶった。後ろが勝手にひくつき、ぎっちりと押しこまれている水晶を、ぬる、ぬる、と前後に動かしてしまう。

「うぅあぁっ、……あぁっ、いあぁっ」

半狂乱になるほどの快楽だった。これはほとんど拷問だ。すっと立ち上がった青松は、痛ましそうな表情で祥に言った。

「お大事さんの声は、お山さんにも聞こえています。きっとすぐに許して、迎えにきてくださいます」

　青松は小さな悲鳴をあげた祥からツイと視線を外し、逃げるように部屋から出ていった。

「ひ……、ひぃ……、というかすかな悲鳴が深紅の部屋に響いている。

　総漆の、これ以上はなく贅沢《ぜいたく》で淫靡《いんび》な部屋で、祥は焦点の合わない目を虚《うつ》ろに開けて、がっくりと頭《こうべ》を垂れていた。口に嚙まされた薄絹はぐっしょりと濡れ、吸収されない唾液が糸を引いて床に垂れている。体にまとわりつく蛇たちは、飽きることも疲れることも知らないように、祥の敏感な部分を責め続けていた。時折、ひぃ……、と祥がかすれた悲鳴をあげ、汗で濡れた体を痙攣させる。射精のできないまま絶頂を迎えているのだ。

「あ…あ…、ひ……」

　すっかり水晶の太さに馴れた後ろが、祥の意に反して収縮し、体内でぬるりと水晶が動く。その刺激が祥の絶頂をより強いものにする。疲れきった体は快楽を苦痛としかとらえず、極みを迎えるたびに涙があふれた。

　死ぬ、と朦朧とした頭で思う。助けて、と救いを乞《こ》う。だが誰に？　祖母も義母も異母弟も、祥の頭には浮かばなかった。

（……助けて……）

　腹の奥に刺すような痛みが走った。体が絶頂に向かう前ぶれだ。祥の目から新たに涙があふれる。今度こそ死ぬ、死んでしまう……。ふぅ、と泣き声をこぼし、体をふるわせた時、ふいにあごを摑まれ、顔を上げられた。

「……ぁ……」

涙で視界がにじみ、誰だかわからない。だが鼻腔《びこう》に届いた深緑の香りから、相手は深山なのだと祥は気づいた。

「…あ、ぁ……」

深山の手が頭の後ろに回り、口に嚙まされていた薄絹を外してくれた。顎関節《がくかんせつ》が痺れきっていて、口を閉じることができない。それでも祥はかすれた声で言った。

「たす、けて……、深山さ…助けて……」

自分に罰を与え、自分をこんな苦しみに落とした深山に、祥は懇願する。どれほど深山が理不尽な仕置きをしてこようとも、祥にはもう深山しかいなかった。

深山は、助けて、と繰り返す祥の口端に指先を伸ばすと、垂れている唾液をそっと拭った。哀れな祥に満足したように微笑《わら》い、怖いほど優しい声音で言った。

「そう。祥はわたしにすがっていればいい」

「……たすけ、て……」

「祥の望むものはわたしがすべて与える。わたしだけが与えられる」

「お、願……、たすけ……」

「ああ。祥の願いをきいてやる」

「…あ、あっ……、ひ、あっ、……ッ!!」

体がまた極みを迎える。悲鳴をあげようとした口は深山の口づけでふさがれる。舌を絡め取られ、声さえも出すことはできず、祥は体を痙攣させて苦痛に耐えた。

「青松」

深山に呼ばれた青松が、小袖を手にやってくる。ほとんど正気を失いかけてる祥を見て、深山に咎《とが》めるような眼差しを送った。そうして祥の後ろから太い水晶をそっと抜き、腕に巻きつき乳首をなぶっていた蛇を自分の髪に戻す。ひざまずき、尿道を犯している小蛇をできるかぎりそっと引き抜いたが、その刺激で祥がまた絶頂してしまう。溜め息をついた青松が、根元を締めあげている小蛇に指先を伸ばした時だ。そのままでよいと深山が言った。

「除いたとたん、果てられては困る。わたしの大事だ、わたしの腕の中で果てるのが道理だろう」

「なにが道理ですか。もう何十遍、…」

「女の極みなど果てたうちに入らん」

「……ひどいことをおっしゃる……」

眉をひそめた青松が、祥の縛めをとく。力なく倒れこんでくる体をそっと小袖で包むと、それを深山は軽々と抱きあげた。

「祥。今楽にしてやる」

「ん、ん……助け…深山さん……」

祥は一つすすりあげると、自分を苦しめている男の胸に懇願するように頬を押しあてた。深山は満足そうに笑い、祥を寝室へと運んだ。

柔かな布団に横たえられた祥は、そのまま深山に組み敷かれて、んん、と小さく泣いた。根元を縛められたままのそこがズキズキと痛むのだ。

「も……、許して……」

深山に乞うと、深山は祥の頬を指先で愛撫しながら答えた。

「祥が許しを乞うことはない。わたしにも、ほかの誰にもだ。祥はわたしの大事だ。ただわたしに願えばよい」

「ん、ん……、取って……、痛、い……」

「祥の願いならなんでもきいてやる」

深山は目を細め、軽く口づけをして体を起こした。これで楽になる……、そう思い、祥は安堵した。だが深山は膝立ちをすると、祥の左足を肩に担ぎ、水晶で弛《ゆる》められた祥の後ろに、凶器のような怒張を押しあてたのだ。体をふるわせた祥の目から涙があふれ落ちる。

「あ、あ、いや……、もう、それは、いや……お願い……」

「そう言うな。水晶よりよほどいい。祥も好きになる」

「い、や……、深山さ……っ」

小さくかぶりを振って深山に顔を向けた祥は、ヒッと鋭く息を呑んだ。自分の足を担ぎ、今まさに犯そうとしている深山……その漆黒の髪が、腰まで届くほど長くなっている。そんなはずはない、ありえない、涙で視界がにじんでいるから長髪に見えるだけだ……頭の半分で冷静にそんなことを思うが、もう半分では、それならあれはなんだ、と問いかける。見上げる先に浮かぶ二つの鬼火……青緑色に発光する深山の目だった。

深山はまさか……。

祥の頭が答えを導きだす前に、深山が腰を突き入れた。同時に、のけ、と呟いて祥の根元を締めつけている小蛇を追いやる。みしりと骨盤が悲鳴をあげた。水晶よりもなお太い深山のものが祥の中にぎしりと埋めこまれていく。熱い肉は、たっぷりと蜜を溜めこんだ祥の下腹を内側から圧迫した。限界まで張り詰めている祥のそこから、蜜が噴きだした。

「ひぃ…っ、あぁぁ……っ」

待っていた射精の快楽は、深く強烈すぎた。深山に貫かれたまま祥は仰け反って悲鳴をあげた。深山が腰を引き、突き入れるたびに蜜があふれる。

「ああっああっあぁぁ……っ」

頭の後ろが熱くなり、痺れた。目がチカチカした。眼裏が真っ白になり、そうして祥は、人ではないものに犯されながら失神した。

深い眠りからふと浮き上がった祥の耳に、深山の声が届いた。

「……山猫ほども熱い」

「まあ。それは人には大変な熱でございますよ、まったくお山さんがご無理をさせるから」

叱るような声は五葉のものだと祥は思う。少しして額に冷たいものが載せられた。気持ちのよさに祥が大きく息をつくと、また五葉の声が聞こえた。

「おそばにはわたくしがつきますよ。ほかの者では、お山さんのわがままをすぐに聞き入れてしまいますからね」

「看病のどこがわがままだ」

「お世話だけではすまなくなりましょうと、こう申し上げているのですよ。お寝巻を替えるたびにご無体に及ばれては、お大事さんが壊れてしまわれます」

「祥に無体などするわけがないだろう」

「おや、さようでございますか。ではお尋ね申し上げますが、なにゆえお大事さんは山猫ほどもお熱を出されたんでございましょうね。この五葉にお教えくださいませんか」

「……五葉がそれほど祥の世話をしたいというなら、任せてやる」

……また深山さんが偉そうなことを言ってる、と思った祥は、心に浮かべた深山の顔が、穏やかな微笑から、長い黒髪を婀娜《あだ》に乱し、目に燐光《りんこう》をともす異形へと変わるのを見て、夢現《ゆめうつつ》で悲鳴をあげた。けれど口から洩れたのはかすかなうめき声だ。

「……お可哀相に、うなされて……それもこれもお山さんが……」

また五葉が小言を並べる。その声を遠くに聞きながら、祥は再び深い眠りに落ちていった。

床から起き上がれるようになったのは、それから五日もあとのことだった。食事と薬は五葉が、体を拭《ふ》いたり寝巻を替えたりは青葉と紅葉が、それぞれ親身になって世話をしてくれた。白湯しか受けつけなかった体も今ではふつうの食事が取れるようになっていたし、部屋のすぐ前の庭で、ゆっくりとなら散歩もできるほどに回復した。その間、深山は一度も顔を見せにはこなかったが、だからといって祥は安心していたわけではない。深山が人ではないのなら、五葉や紅葉たちもなにか人ではないものだろう。この穏やかな老婦人や美しい双子が本当はなんなのか……、考えないようにしているが、それでも祥は四六時中、緊張を強いられていて、夕食が終わる頃にはぐったりとしてしまう毎日だった。

その夜も、祥は厚畳に腰かけて、お気に入りの黒蜜入りの葛湯《くずゆ》を一人でのんびりと楽しんでいた。寝る前の一時だけは祥を一人にしてくれるので、この時間だけ、祥は緊張をとくことができる。葛湯の最後の一口を飲んで、すっかり温まった体にほうと満足の吐息をこぼした時、カラリと襖が開いた。今夜も五葉が、お床に入る時間ですよと、祥を子供扱いしにきたのだろうと思って顔を上げる。そうして、碗を取り落とすほど怯えた。入ってきたのは深山だった。

「あ……あ……」

部屋のすべての吊り灯籠に火が入っている今は、深山の瞳は深い闇色にしか見えない。寝巻の上に羽織った藤《ふじ》色の小袖が艶やかだ。だがその背中を覆う長い髪が、深山の本当の姿……人ではないのだという現実を祥に突きつけてくる。

「祥。だいぶ元気になったと、五葉から聞いた」

「…っ、や……」

微笑を浮かべた深山に猫のように軽々と抱きあげられてしまう。布団に押し倒され、裾を割られた祥は、ひ、と小さな悲鳴をこぼして涙を浮かべた。またあんなふうに抱かれたらおかしくなってしまうと恐怖した。深山は、怯えて啜《すす》り泣く祥をニヤリと笑い、ふるえる唇をそっと吸った。

「どうした祥。こんなにふるえて……、少し仕置きがきつかったか」

「……ぁ……」

「しかし、こうしておとなしくわたしの腕の中にいるのはよいことだ。少しは反省をしたのだろう?」

「……」

「うん、祥? 反省をしたのかと聞いている。もう二度と、わたしのそばから離れようなどと思わないな? ……祥。答えろと言っている」

「……」

祥には答えられなかった。深山自身が恐ろしくて、なにを聞かれているかなど理解できなかった。だが深山は不愉快そうに眉を寄せた。答えない祥を、自分に反抗していると受けとめたのだ。

深山は苛立《いらだ》ったような息をつくと、祥の衿の合わせを乱暴に開き、まだ柔かな胸をキュッと摘んだ。

「まだ反省が足りないようだな」

「あ、や、や……、やめて、許して、お願い……」

「祥。教えただろう」

深山はおかしそうにクククッと笑った。

「祥は誰にも許しを乞うな。ただ願え。祥の願いならわたしはすべて叶える。抱かれるのがいやならそう言え。添い寝で我慢しよう。うん、祥？　どうしたい。言え」

「あ……、か、帰り、たい……」

「祥……」

深山はまたおかしそうに喉を鳴らし、祥の胸をゆっくり愛撫しながら言った。

「それも教えたはずだ。ここからは帰れない。わたしが帰さない」

「お、お願い……、帰りたい……帰して……」

「聞き分けがないな。まだ仕置きが必要か」

「……っ」

ふふふと笑う深山を祥は心底恐怖した。あの真っ赤な部屋と、この世のものとは思えない快楽の地獄がよみがえる。体を起こした深山が、祥に背を向けて、戌丸、と言った。祥の心臓がドクンと跳ねた。深山が自分から視線を外している。逃げるなら今、今しかない、と祥はひらめくように思った。

「……っ」

ダッと厚畳を駆け下りた。つんのめり、転びそうになりながら、必死に部屋を駆け抜けた。ダンと襖を開け、祥は裸足《はだし》のまま庭に飛びだした。

「遠く、遠くへ……っ」

白砂の敷かれた前庭から、庭の奥へ、山中へと向かった。屋敷を迂回《うかい》する格好で坂道……ふもとの神社へ通じる坂道を見つけ、それに沿って山を下りれば逃げられるはずだと思った。手入れの行き届いた庭園を外れて山の中へ突っこみ、下へ下へと駆けた。暗闇に祥の激しい呼吸の音だけが響く。走って走って走った。けれどどれだけ走ってもふもとへ近づく気配すら感じられない。苦しくて、これ以上走ったら心臓が裂けると思った。もうだめだ、と思い苔《こけ》むした樹にどっと抱きつき、そのままずるずるとへたりこんだ。

「…っあ……、はっ……はっ……」

必死で呼吸を整える。耳の奥でごうごうと血流が鳴る音を聞きながら、おかしい、と思った。いくら深山の屋敷が広くとも、ふもとから屋敷まではそれほどの距離を登った感じはなかった。

これだけ走ってもふもとにたどりつけないのはおかしい……。

「……」

恐ろしい予感がして、背筋にゾッと寒気が走った。逃げなければ……、その一心でなんとか立ち上がったが、ふるえる足は一歩を踏み出すどころか、しっかりと立つこともままならない。膝が笑い、がくりとくずおれそうになった体は、しかし、力強い腕に抱き留められた。

「もう気はすんだだろう」

「……っ!!」

なだめるような声は深山のものだ。祥は恐怖で身じろぐどころか声も出せない。体をふるわせたまま深山に抱きあげられ、そして絶句した。振り返ったそこに見えたのは、寝室からいつも見ていた池と白砂を敷いた前庭……。

ゆっくりと池を回って屋敷に近づきながら、深山が苦笑をして言った。

「これで、帰れないことはわかっただろう」

「いや……、いや……」

「祥。あまり聞き分けのないことを言うな」

「……」

子供にわからせるような口調が悔しい。悲しい。深山の前では自分はまったくの無力なのだと思い知らされる。唇をふるわせて涙を落とした祥に、薄笑いを浮かべて深山は言った。

「祥は以前、言っていたな。なにかを願うから叶わない時がつらい、と。なにも願わなければつらいこともない。……そうだったな？」

「……」

「今祥が泣いているのは、帰りたいと願っても叶えられず、つらいからだろう。だからわたしがそのつらさを除いてやる」

「…な、に……」

「帰りたいと、願うことをやめさせてやる」

そう言って、ひどく愉しそうな、けれど恐ろしく酷薄な微笑を浮かべたのだ。祥の頭にあの赤い部屋がよみがえった。今度こそ、帰ろうと思うどころかここがどこかわからなくなるほど、心が壊れるまで責め抜かれるだろう。祥は涙をあふれさせ、小さく首を振りながら懇願した。

「い…いや……、もう、あの部屋に、入れないで……、お願い、あ、あの部屋だけは、いや……お願い……」

「そうだ。祥はそうしてわたしにすがっていればいい」

「お願い……お願い……」

「そんなに泣かなくてもいい。祥はわたしの大事だ。大事にふさわしい部屋を用意させた。きっと祥も気に入る」

「…ふ、ぅ……」

小さな泣き声をこぼして、祥は深山にすがった。それしか祥にできることはなかった。

抱き運ばれたのは、深山の部屋と同じような、三間続きの豪奢《ごうしゃ》な部屋だった。三の間の襖絵は群生する椿の濃い緑の遠景、二の間は白い花を咲かせた椿の近景、一の間は花だけを大きく描いている。白椿尽《ず》くしの部屋だ。一の間の布団に組み敷かれての、濃厚で執拗な情交は、祥が息も絶え絶えになったところで終わった。祥の後ろからずるりと、萎えてもいないものを抜き出した深山が、青松に白湯を運ばせる。口移しで祥に与える間、青松が祥の体を清めていった。寝巻も着せられて、きちんと身繕いの整った祥に、深山は優しく尋ねた。

「白湯をもっと飲むか?」

「ん……」

祥が素直にうなずくと、深山は満足そうに微笑い、祥を抱き起こして白湯の碗を持たせてくれた。

「ゆっくりな」

「うん……」

深山にすっかり身を任せて白湯を飲む。疲れきった体に水がしみ渡っていく心地がする。ふう、と満足の吐息をこぼすと、髪に口づけをくれた深山にそっと寝かされた。自然と目を閉じると、ふっと笑った深山が足元に回る気配がした。祥の足首からふくらはぎをすっと指先で撫でられる。ぴくりと体を揺らした祥に、恐ろしいほど優しい声で深山は言った。

「二度と祥がつらい思いをしなくてすむように」

「……なに……？」

「右を橘《たちばな》、左を桜にしよう」

「え……？」

意味がわからない。重たいまぶたを持ち上げた祥は、深山が両足の爪先《つまさき》にそっと口づけるところを見た。傲岸不遜《ふそん》な深山の取る行動とは、およそ思えない。驚いてさっと足を引っこめると、深山はおだやかな微笑を浮かべて言った。

「祥。ここにはテレビもパソコンもない。だが書物なら、そう……奈良時代あたりのものから、現代のものまである。祥が望むなら最新刊もすぐに手に入れる。退屈はしないはずだ」

「……そう……」

「なにか用があれば、声をかけろ。誰かがすぐに来る。不自由をすることはない」

「……ん……」

「屋敷の中は自由に歩いてもいい。ただし、外には出ないことだ。庭にも下りるな。もう祥を泣かせたくないからな」

「……」

祥は黙って目を閉じた。深山はもう一度祥の足に口づけ、部屋を出ていった。

表面上は何事もない日々が続いていた。深山は深山でなにか忙しいのか、あの日以来、一度も顔を見せにこない。祥のほうも、庭であろうと外へ出るなと言われたことを守っている……、今のところは。

(この間は山の中へ逃げたから失敗したんだ。山はきっと、よくわからないけど、『違う』世界だろう)

深山の意のままになる、深山の精神世界とでもいうべき場所。だったら、現実世界へ逃げればいい。ふもとの神社とつながっているあの坂道。一番愚かな逃げ道だと思っていたが、現実の世界とつながっている以上、すべてを深山の好きにはできないはずだと思った。

「ずっと太陽の動きを観察してきた」

ここへ来る前に見てきた地図やガイドブックを思いだし、神社、拝殿、山の位置を考えて、真南へ逃げればいいと判断した。屋敷の中も散々歩き回って、寝殿造りと書院造りのいいとこ取りをした、この広大な屋敷の全体像もほぼ摑んでいる。

「……夜明けに、行く」

祥は決めた。真夜中よりも夜明けのほうが、深山をはじめ、みんなの監視の目が弛む気がした。

布団の中でひっそりと夜明けを待って、祥は布団から身を起こした。二の間、三の間と足音を忍ばせて進み、細心の注意を払って最後の襖を開ける。夜明けにはまだ間があるが、レモンの形をした月が十分に明るく庭を照らしている。新月の夜を選べばよかったかと祥はためらったが、いつ深山が部屋へ渡ってくるかわからない。ずっとそばにいるようになったら、もう逃げる機会はなくなる。

「……今しかないんだ」

キュッと唇を噛みしめて、祥はタッと部屋を出た。側縁からきざはしを駆け下り、枯れた芝に覆われた庭に立った瞬間だった。

「……っ!?」

がく、と足の力が抜けた。とっさに足元を見た祥は絶句した。一瞬前までたしかに足だったものは、白と薄桃色の花弁となり、月光が照らす庭にザアッと散ったのだ。

「あ、あ……っ！」

小さな悲鳴をあげて地に倒れこむ。ドッと手をつき、信じられない思いで足を見れば、乱れた裾から自分の足が見えた。

「あ、足……ある……」

それなら幻覚を見たのだろうか？　混乱しながら再び立ち上がったが、一歩を踏み出そうとしたとたん、足は花弁となって散り消えた。

「……」

頭の中が真っ白になった。自分は気が狂っているのだろうかと思った。恐る恐る足を見れば、そこにはちゃんと足があるのだ。それなのに立ち上がって歩こうとすると……。

その時、深山の言葉が耳によみがえった。

『右を橘、左を桜にしよう』

あれは、こういうことだったのだ。

「あ、あ……っ！」

祥が小さな悲鳴をあげた時、微苦笑を浮かべた深山が姿を見せた。しどけなく地に倒れている祥を抱きあげて、部屋へと運ぶ。

「…だから外へ出るなと言っただろう」

「あ……、な、んで……、こんな……」

「これで、帰れないとはっきりわかったな？」

「ひど、い……ひどい……っ」

「なにがひどい？　これで叶わぬ願いを持つこともなくなった。願いを持たなければつらくなることもない、……そうだろう？」

「……」

「屋敷内は自由に歩けるようにしているだろう。わたしは祥に甘いからな。……それとも、茵から下りられないようにしてほしいか？」

「いや……、それはいや……」

鼻の奥がツンと痛んだ。絶対に元の世界には帰れないのだと、わかってしまった。ぽろりと涙を落とし、祥は深山の胸にすがった。

「もう、帰ろうなんて思わないから……、二度と、思わないから……」

「わかればよい。これまでどおり、屋敷の中では自由にさせてやる。外へ行きたい時はわたしに言え。抱いて連れていってやる」

「……」

ヒクッとしゃくりあげ、祥は黙ってうなずいた。

遣り水、池、豊かな緑。どこからが人工でどこからが天然なのかわからない、見事な山水庭園は、天気や日の移ろいで刻々と表情を変える。たくさんの鳥や小動物が訪れるこの庭園を、祥は部屋からぼんやりと眺める。

白椿尽くしの美しすぎる「鳥籠」だ。

その鳥籠には、日々、物が増えていった。まず文机が置かれ、書棚が置かれ、ボールペンやシャープペンシル、大学ノートといった、まったく現代の文房具も用意された。すべて祥が欲しいと頼んだものだ。ある時、どうしても食べたくて、恐る恐るチョコレートが欲しい、と言ったら、ものの三十分で届けられたし、それからはたまにケーキがおやつに出されることもあった。まさに「金で買えるもの」でさえあれば、祥の手に入れられないものはなかった。

「祥。散歩に行くか」

「うん」

昼下がり、ふらりとやってきた深山に、祥は笑顔でうなずいた。どうあっても帰ることはできないのだと思い知らされたあの夜明けから、祥はこの世界のことどもに反発することをやめた。深山がなんであろうと、五葉や青葉や紅葉、青松や戌丸がなんであろうと、祥と同じように生きてこの世にいるだけだ。犬や猫、蝶《ちょう》や鳥を怖れることがないなら、彼らを怖れる道理もない。彼らが何者であろうとも、みんな祥を心から気遣ってくれ、心から好いてくれる。元の世界にいた時のように、「行平祥」に利益や価値を見いだそうとする者は、ここには誰一人いない。深山が言ったとおり、ここでは祥は、ただ祥でいればよかった。

そんなふうに祥が落ち着いてから、深山も以前の深山に戻ったように、祥に思いやりを見せてくれる。時間のあるかぎり祥のそばにいてくれたし、天気のいい日は散歩にも連れていってくれる。長い髪や暗闇で光る目、それに言葉遣いは以前と違うが、祥に向ける眼差しは、この世界に来る前と同じ、慈しむようなものになっていた。

深山は祥の隣にあぐらをかくと、文机にもたれていた祥を抱き寄せて言った。

「やはりベッドやテーブルを入れたほうがよくないか」

「畳の生活には馴れたからもう平気。それにここに洋家具を持ちこんだら、調和が乱れてかえって落ち着かなくなる気がするし」

「祥の美学？」

「そこまでたいそうなものじゃないよ」

祥はふふっと笑うと、文机に置いてある、若草色と山吹色の手ぬぐいを手に取った。

「これね、青葉と紅葉が作ってるんだって。草木染めなんだ。すごく綺麗だと思わない？　草木の色をそのまま取り出したみたいだ……」

「ああ。袋物や和紙など、ほかにもいろいろある」

「本当!?」

「本当。興味がある？」

「すごくっ。作っているところ、見にいきたいんだ。連れていってくれる？」

「もちろん、連れていこう」

この世界に連れてきて初めて……というよりも、祥と出会ってから初めて、「興味がある」と祥が言った。深山は心底から嬉しそうに笑い、祥を抱きあげた。

どこまでも広い回遊式庭園を、深山に抱かれて散歩する。最初の頃は屈辱的に感じたこの散歩も、今では馴れて、祥の一番の楽しみになっていた。池を渡り、築山を上り、秋にはあたり一面、真っ赤に染まるという、楓並木の散歩道を行く。東の池の石橋から中島に渡り、そこから板橋を渡って対岸に行くと、藤棚の横に小屋があって、青葉と紅葉が出迎えてくれた。ここで草木染めを作っているという。作業場をぐるっと見学させてもらうと、草木染めに祥が興味を持ったことを知った二人は大喜びをして、あとでいろんなものを持っていきます、と約束してくれた。

「面白かったね。赤や黄色、緑、青に藍《あい》、黒まであるなんて知らなかった」

「やってみたいか？」

「んー……、そこまでは。染めることより、染め上がった色味のほうに興味があるかな。お山では、なにもかもが本当に綺麗」

「そうか」

「空気が綺麗だから？　池に反射した光や、夜明けや黄昏《たそがれ》の空の色なんか、もう本当に……言葉にできないくらい綺麗。ここで見る色は、あっちの世界にはない色だよね」

「ふうん？」

少し興奮して祥がそう言うと、深山はなぜかおかしそうにくすくすと笑った。

自然林の起伏を生かした散歩道を進んでいく。草木があちこちから『こんにちは』と挨拶をしてくる。初めはいちいち挨拶を返していた祥だが、三百六十度、全方向から引っきりなしに挨拶されるので、返事をするのは不可能だと悟り、今ではもう深山のように、耳に留めるだけとなっている。深山が昔、挨拶されてもたいていは無視しちゃう、と言っていたが、これでは仕方がないと祥も思う。

ふいに野兎が飛び出してきて、すくっと立ち上がって祥たちを見た。

「わあ、兎！　お腹が真っ白」

初めて本物の兎を見た祥がはしゃぐと、ピクピク、と耳を動かした兎が、『お山さんとお大事さん、ラブラブ～』と言ったような気がした。祥が驚いて深山の衿をぎゅっと掴むと、深山ははははと笑って野兎に言った。

「わたしの大事は美しいだろう」

「み、深山さん!?」

「見せてはやるが、さわらせてはやらぬ。祥にふれたら取って喰うぞ」

「ちょっと深山さん、なに言うのっ」

とても冗談に聞こえなくて、祥は慌てて野兎に言った。

「大丈夫だから、いつでも遊びにきてっ」

野兎はくすくす笑ったように耳を動かすと、『お山さんはお大事さんにメロメロだ』とからかう口調で言って、さっと茂みの中に逃げていった。深山ははははと笑ったが、動物にまでからかわれた祥は恥ずかしくてたまらない。

「もう二度と変なことを言わないでほしいなっ」

「祥を自慢することのなにがいけない？」

「自慢なんかしなくていいんだよっ、だいたい僕は美しくもなんともないっ」

「さて、わたしの大事はおかしなことを言う」

深山がまたはははと笑い、それに同意するように、草木が一斉に葉を揺らした。木漏れ日がキラキラと降ってくる。光線の一筋一筋の中で、金色の粒が泡立っているように見える。祥は魅入《みい》られたように木漏れ日を見つめ、ほう、と吐息をついて深山の胸にもたれた。

「すごく綺麗だ……、光まで生きているね……」

「ああ。お山ではすべてのものが生きている」

「うん……。ねえ……、あのさ……」

「うん？」

「その……デジカメ、欲しいなって……」

「デジカメか……」

深山が少し、困ったような微笑を浮かべた。これまでどんなものでも与えられてきたので、祥は驚いて言った。

「あ、ごめん、あの、やっぱりいらない」

「いや、欲しいならすぐにでも用意させるが……、なにしろここには電気がとおっていない」

「あ……」

「そう。撮影はできてもプリントはできない。カメラの液晶画面で確認することしかできないが、それでもいいなら取り寄せる」

「うん……、ありがとう」

「お山初のデジカメだ。文明開化だな」

クククッと深山が笑った。祥は、そういえばそうかと呟いて、やはりクスクスと笑った。

お待ちかねのデジカメは、翌日には祥の手元に届けられた。さっそく深山に抱かれて散歩に出かけ、初めて連れていってもらった雲滝の清冽《せいれつ》な水の流れや、雪を載せた南天《なんてん》の赤い実など、目につくものを次々と撮影した。浮き浮きしながら屋敷に戻り、さっそくデータを見て、祥は目を見開いた。

「嘘っ、なんにも写ってないっ」

「……写っているではないか。これは雲滝の滝壺《たきつぼ》だろう。次が……川辺の水苔」

「そうじゃないんだ。僕が見たとおりに写ってないんだ」

「祥が見たとおり？」

「そう。この滝壺はこんなじゃなかったんだ、どういう光の作用かわからないけど、滝壺からたくさんの虹《にじ》が、放物線を描いて伸びてたんだ。この水辺だって、水晶の珠が水の上を走ってるのが見えたんだ。どうして写ってない……、画面が小さいからわからないだけかな、パソコンで見れば見えるのかな……」

「そういうことなら、パソコンを使って、解像度を最高にしても、見えないな」

「どういうこと？」

ふふふっと笑う深山に、祥は眉を寄せて尋ねた。深山は文机に頬杖《ほおづえ》をつくと、とろけるような眼差しで祥を見つめて答えた。

「祥が見たものは、目で見たものではない。心で見たものだからだ」

「……心って……」

「草木や動物の話す声を、祥は耳で聞いているわけではないだろう？　心で聞いている。それと同じだ。祥が美しいと思ったものは、祥が心で見たもの。カメラは心で見たものは写せない」

「ああ……うん、そうか……心で見たのか……」

「草木も動物も、自分と同じ命があるとわかっていれば、心があることもわかる。わかるということは、真実が見えるということだ」

「真実……」

「そう。この世界は本当は、こんなにも美しいという真実」

「世界は本当は、美しい……」

おうむ返しに呟くと、深山がひどく優しい微笑を浮かべて言った。

「美しいだろう？」

「……うん。世界は、本当は、美しいんだ……」

滝壺から吹き上がるように何十も伸びていた虹。ころころと転がる音まで聞こえそうだった、清流の上を走っていた水晶の珠。それだけじゃない。金色の粒が踊っているような木漏れ日も、藍色の紗がさらさらと重なっていくような夕暮の空も……、美しい。この世界は、本当に美しい。

「……僕は、初めて、世界を見た気分だよ……」

ほほえんで深山に向けた祥の目から、ツッと涙がこぼれて落ちた。深山も深い微笑を浮かべ、祥を胸に抱きこんだ。

「だったら描いてみたらどうですか？」

紅葉がパンと手を打って提案した。青葉もうんとうなずいて笑みを見せた。

「だってそこにこう、見えてるんでしょう？　だったら描けますとも」

「わたしが絵の具を持ってきましょうっ」

「それならわたしは紙と筆をっ」

そう言って二人はパタパタと駆けだしていった。いつものように側縁で、三人で陽なたぼっこをしながらお喋りをしていたのだ。ついデジカメの愚痴を祥がこぼしたら、写せないなら描けばいいと、美しい双子は非常にポジティブな解決策を提示してくれた。すぐに墨と顔料、筆、和紙が一式用意され、祥も無邪気に、印象派の絵画のような画《え》をと意気ごんで取り組んだ。しかし結果はもちろん、児戯《じぎ》にも劣る出来栄えとなった。祥にはいつでもどこでもなんであっても優しい深山ですら、この藍色はいいとか、紅と朽ち葉色の配分がいいとか、画ではなく、色彩のことばかり誉《ほ》める。そこしか誉めることができない、つまり祥の画は、画として成り立っていないということだった。さすがに落ちこむ祥に、青葉が、そうだ、と言った。

「広く描くからうまくいかないんですよ。お大事さんが綺麗だと思ったところだけ、描いてみたらいかがですか」

「えーと、ズームアップ？」

「そうそうっ。これは月鏡の沢に降っていた日でしょう？　川も崖《がけ》も石も水も草も木も取ってしまって、日の光だけを描いてみましょうよっ。ね、さあっ」

「うん……」

強引に筆を持たされて、青葉と紅葉の二人に手元を見つめられながら、祥は新しい紙に筆をすべらせた。心で見た時は金色に見えた陽光だが、祥の受けた感じとしては、あれは深い藍色だった。陽光に藍色を使うなど、どう考えてもおかしいと思ったが、感覚優先で描いてみたら、青葉と紅葉が歓声をあげるほど素敵な画となった。

「すごく綺麗ですね、お大事さんっ、とても日の光には見えないけど、水晶の中に夜が閉じこめてあるみたいですっ」

「ありがとう」

誉められているような、いないような、微妙な紅葉の言葉だったが、水晶の中に夜が閉じこめてある、という表現は嬉しかった。たしかに祥は、あのキラキラと輝く陽光の中に夜を感じたのだ。そこへ深山がふらりとやってきた。

「楽しそうだな」

「深山さん、見て。新作なんだ」

祥が頬を赤くして、できたてほやほやの、藍色の陽光を見せると、深山は驚いたように目を瞠《みは》った。

「誰に描いてもらったんだ」

「僕が描いたんだよ」

「嘘をつくな。抽象画の小品のように美しい。祥に描けるものか」

「失礼だなっ、本当に僕が描いたんだよっ。そうだよね!?」

青葉と紅葉に同意を求めると、二人とも勢いよくうなずいて、今ここでお大事さんが描かれたんですよっ、と深山に抗議してくれた。深山はニヤニヤ笑いながら、いーや、そんなはずはない、これはプロの画だ、祥に描けるはずがない、と断言をする。祥は顔を真っ赤にして怒った。

「じゃあ今、違うのを描いてみせるよっ。本当に僕が描いてるってわかったら、謝ってもらうからねっ」

「いいだろう。お手並み拝見だな」

深山はわざとニヤリと意地の悪そうな笑みを浮かべた。ぷんぷんしながら絵筆を取る祥に、気づかれないように嬉しそうな微笑を向けて、思った。

(あの無気力だった祥が)

今は自分からいろいろなことに取り組んでいる。それが深山には本当に嬉しい。お山に連れてきたのは間違いではなかったと、深山はひっそりと思った。

しかしその一方で、お絵描きごときに祥を取られたような気がしなくもなくて、少し面白くな

い深山なのだ。

「いやだよ、ちょっと待って…っ」

就寝前の一時、日課となり、楽しみともなっている画を描いている最中に深山がやってきた。文机に向かう祥を後ろから抱きしめて、唇を奪おうとしてくる。祥は必死に首を振りながら抵抗した。

「今大事なところを描いてるんだっ、金泥《きんでい》で点描を…」

「画などいつでも描けるだろう」

「だめだって、蘇芳《すおう》色が乾く前に……、いやだってばっ」

「わたしが抱きたいと言っているんだ、素直に抱かれろ」

「なんでそんな偉そう…っ、あ、や、いやっ……んんっ」

耳に舌を差しこまれ、裾を割った手に前をいたずらされると、快楽を叩きこまれた体はすぐに熱くなってしまう。鼻から抜ける甘い声をこぼしてしまい、忍び笑いをする深山にひょいと布団に運ばれてしまった。

いつものようにじっくりたっぷりねっとり責められて、もうだめ、と祥が本気で泣いたところで許してもらえる。いやらしくも満足そうに笑う深山の胸に抱きこまれ、優しく髪を撫でてもらいながらも、祥は腹立ちが収まらない。

「もう……、描きかけの画、だめになっちゃったよ、最初からやりなおしだ。なんてことしてくれるんだよ、深山さんなんか嫌いだっ、もう帰るっ」

「どうした、祥」

「どうしたじゃないっ、帰るっ、もういやだっ、離せっ」

「祥……、あいたたっ」

まるきり子供のように癇癪《かんしゃく》を起こした祥に、ガブーッと腕を噛まれて、深山は微苦笑をした。落ち着かせるためにゆっくりと肩や背中を撫でてやりながら、深山は優しく尋ねた。

「どうして帰りたい」

「どうしてじゃないよっ、画の邪魔したくせにっ」

「悪かった。わたしが悪かったとも。……さあ、これで許してくれるか？」

「いやだっ。そういうことじゃないっ。とにかくもう帰るっ」

「帰ったところで祥にはなにもいいことはないだろう。祥はここにいるほうが幸せだ」

「そうだけどっ、ここは綺麗だし、楽しいしっ、みんな僕に親切にしてくれるしっ、好きなことはなんでもできるしっ、誰も僕を利用しようなんて思わないしっ」

「いいこと尽くしだろう。それなのになぜ帰りたい。ん？」

「なんでもっ。いやだもうっ、さわるなっ」

背中を撫でていた手が、いやらしく尻をさわったので、祥はますますヒートアップした。深山の腕を邪険に払い除《の》け、さっと寝床から離れようとしたが、可愛がられすぎた腰が立たない。がくっと布団の端でへたりこんでしまうと、さらに腹の立つことに、ははと笑った深山にたやすく抱き寄せられてしまった。

「無理をすると腰が抜けるぞ」

「うるさいなっ」

「そうでなくとも、祥はここから逃げることはできない。わかっているだろう？」

「……っ」

「わたしも祥を帰すつもりはない。いつまでも子供のように駄々をこねていないで、素直にわたしのものになってしまえ」

「そんなのは絶対にいやだっ！」

深山の言葉に苛立った。なぜなのかうまく説明できないが、とにかく腹が立った。苦笑をした深山が、まるで祥を脅すように体を重ね、がっしりと組み敷いてくる。また抱かれるのではと祥は怯えたが、意地で深山を睨みつけると、深山はやれやれといったふうに溜め息をついた。

「ようやく祥も落ち着いて、わたしのことも、以前と同じように好いてくれていると思っていたが」

「……」

「わたしのことが嫌いになったか？　それとも、人ではないから嫌うのか？」

「……っ、そうじゃないっ!!」

人ではないから……、その言葉で祥の怒りがパンと破裂した。

「深山さんが人だろうが神様だろうが鬼だろうが妖怪だろうが、そんなことは全然問題じゃないっ」

「妖怪とは、ひどいことを言う……」

「笑い事じゃなくてっ。僕はっ、深山さんが深山さんじゃないからいやなんだよっ」

「……わたしがわたしではない……？」

「そうっ。だからさ、たとえ中身が得体の知れないものだとしても、やっぱり深山さんは優しいし、僕のことを一番に考えてくれるし、大事にしてくれるし、深山さんに好かれてるって、すごく伝わってくるよっ。僕だって深山さんが好きだよ。前と変わらず、深山さんが好きだよ」

「……ますますわからないな。見かけも中身も問題ないなら、なぜ癇癪を起こした？　帰りたいなどと言った？」

「えーと、それは、えーと、なんだろう、深山さんのどこに腹が立つんだろう……」

「わたしに腹が立つ？　どうして？　文句のない食事を与えているだろう？　本も文具もデジカメも絵の道具も、欲しいものはなんでも与えているだろう。ほかになにが不満だ。なにを与えれば満足する？」

「……それだ!!」

祥は思わず大声を出した。深山が目を見開くくらいの大声だ。祥はむくっと体を起こすと正座をして、とまどったような表情で肘枕《ひじまくら》をする深山に、不機嫌な顔で言った。

「それだよ、とにかくそれがいやなんだっ」

「それとはどれだ」

「与えるって言葉っ」

「……うん？」

「食事を与えるってなに!?　本もデジカメも絵の道具も、与えてるってなに!?　深山さんにとって僕は、なにかを与えてやるペットみたいな存在なの!?」

「そんなわけがないだろう。祥はわたしの大切な大事だ」

「そんなの、言葉だけじゃないかっ」

「わからないな。祥は大切にされていないと思うのか？」

「だって僕はこの部屋から、この屋敷から出られないっ。柵《さく》のない檻《おり》に閉じこめられてるみたいじゃないかっ」

バンと布団を叩き、ますます興奮して祥は言った。しかし深山は反省するどころか、ばたばた暴れる鳥をなだめるような微苦笑を浮かべて言うのだ。

「仕方がないだろう。外に出したら祥は逃げようとする。こうなったのは祥のせいだろう」

「違う！　深山さんが僕に、逃げたくなるようなことをしたからだっ」

「さて。仕置きがきつかったか」

「あ、あ、当たり前だよっ、あんなのっ、性的な拷問じゃないかっ」

「祥が逃げようとしたからな。仕方あるまい」

クックッと深山は楽しそうに笑う。祥はカーッと頭に血が上り、深山の長い髪をガッと引っ張って怒った。

「仕方ないじゃないっ。だいたいっ、僕が逃げようとしたのはっ、ここからじゃないよっ」

「……うん？」

「僕は深山さんと、たぶん恋人関係にあると思ってたっ。抱き合ったし、キスだってしたじゃないかっ。だからここへ来ると決めた時、深山さんは呆れるかもしれないけど、体の関係も持てるだろうっていうか、持てたらいいなって、期待してたよっ」

「……なに？　それならどうして逃げようとした？」

「本当にわかってないんだね！」

ようやく微笑を消した深山が、体を起こして真面目な表情になる。キュッと祥の両手を握り、教えてほしい、と言う深山に、祥はフンッと鼻から息を抜いて答えた。

「僕にとっては初めての経験だったんだよ!?　ただでさえパニックに陥っていたのに、そんな時に深山さんが人間じゃないってわかったんだ！　どれだけ僕が驚いて、怖く思ったか、察してくれてもいいんじゃないかな!?」

「……しかしそれは、そもそも祥がわたしを拒絶するから、…」

「当たり前でしょう!?　発情した動物じゃあるまいし、なにも言わず、いきなり押し倒されたら驚くよっ」

「……心の準備ができていなかったと言いたいのか？」

「違うよっ。なんていうかさ、好きだよとか、そういうことをまず言ってほしかったっ！　優しく抱きしめてくれたりっ、キスして気持ちを高めていったりっ、それなりにムードを考えてくれてもよかったんじゃないかなっ。わかる!?　僕は初体験だったんだよ!?」

「……ああ、そうか……」

「そうだよっ。それなのに深山さんは問答無用であんなお仕置きするしっ。謝ってくれるどころかずーっと上から目線で喋るし、その喋り方だって、あんなに素晴らしく若者言葉を使ってたのに、いきなり自分のことわたしとか言って、昔っぽく喋って僕をとまどわせたしっ。挙げ句の果てには、鳥の羽を切るみたいに外を歩けなくされてっ、とても屈辱的だよっ」

「祥……」

「神様だか何様だか知らないけど、そんなことをする深山さんは、僕の好きになった深山さんじゃないよっ」

もう一度深山の髪をギュッと引っ張って、祥はぷいと顔を背けた。深山は悪いと思いつつ、祥が可愛くて、おかしくて、クックッと笑いながら言った。

「……よくわかった。わたしが悪かった」

「……」

「祥。本当だ。わたしが悪かったよ。こちらを向いてくれ」

「……」

しぶしぶ視線を戻した祥に、深山は今度は慈しむ眼差しをあてて言った。

「わたしと肌を合わせることをいやがる人間は、祥が初めてだった。だからわたしを好きだと言ったのは嘘かと思った」

「深山さんが相手なら、誰でも彼でも喜んで体を預けると思ってたの？　本当に何様だよ」

「悪かった。悪かった、祥。だから、仕切り直しをしよう。今度は焦《じ》れったくなるほど優しくする。睦言も言葉のかぎりをつくして言う。……祥の初めてをわたしにくれないか。初夜をやり直そう」

「いいよ、いいよ。もういいよ、今さらだよっ」

たやすく深山の胸に抱きこまれた祥は、のしかかってこようとする深山を、照れて押し戻した。喉で笑った深山が、それでも腕枕をしてくれる。今では一番居心地のいい深山の腕の中で、そういえば、と祥は言った。

「ちゃんと聞いたことなかったけど……」

「なんだ」

「うん。ふもとの神社の宮司さんたちも、五葉さんたちも、みんな深山さんのこと、お山さんて呼ぶでしょう。深山さんは、本当にこの山の神様なの？」

「…神様というのは、里に住みついた人々が、あとからそう呼び始めただけのことだ。わたしは今も昔も、ただの山の司《つかさ》だ」

「山の司……あ、だから深山つかさって名乗っているんだね。それじゃ名前というものはないの？」

「ないな。山は山だ」

「ふうん……」

納得したようにうなずいた祥は、次にそうっと深山を見上げた。

「じゃあさ……、スッピンていうか……、本当の姿はどんなのなの？　なんかもっと、神様っぽいの？」

「いや。わたしには姿というものはない。この山がわたしだし、この山を覆う大気がわたしの心だ。それではいろいろと不都合があるから、時々で一番ふさわしい姿をとる」

「ふさわしい姿？」

「そうだ。今は人の姿をしているが、鳥にも蛇にも猪《しし》にもなれる」

「……っ」

そう言って、ザワリと体に鳥の羽を生やし、さらにはバサッと翼まで出してみせたので、祥は、悪いとは思ったがゾッとして、慌てて深山に言った。

「いいよ、いいよ、見せてくれなくていいよっ、僕はやっぱりヒューマンタイプがいい」

「ではそのように」

にこっと笑った深山が羽やら翼やらを消してくれる。祥はほっとして、すっかり馴れてしまった深山の肌に身をすり寄せた。

「ねえ。みんなが僕のこと、お大事さん、て呼ぶでしょう。最初、ご苦労さまの方言かと思ってたんだけど、違うよね。その、彼氏とか、そういう意味？」

「少し、違うな。お大事さんとは、わたしのことを楽しませ、幸せにしてくれる人間のことを指す」

「…楽しませるって……」

「なにしろお山は退屈だからな。里で気に入った人間を見つけたら、ここへ連れてきて、しばらく遊び相手になってもらう。その礼に、椿の種を渡して里へ帰すわけだ」

「どうして椿の種なの？　お伽話《とぎばなし》だと金銀財宝だよね」

「同じようなものだ。その種を植え、花が咲くまでの間、わたしは願いを一つ叶え続ける。大事が死ぬまで、食べることに困らないようにしてやったりな」

「……ああ。そうか昔は、米がたくさん取れることが一番の幸せだったんだ……」

祥の頭に、旅館も土産物店も工場もない、ただただ田圃が広がるふもとの風景が浮かんだ。そうだよね、と呟くと、深山が小さな溜め息をこぼした。

しかしそのうちに、みなが種を欲しがるようになった。お山……、つまりわたしに気に入られようと、わざと着飾って山を歩いたり。我が子をわたしに差しだすと言う親も多く出てきた」

「……欲得ずく、だね」

「ああ。わたしに愛らしい子を見繕わせるための品評会、それが今のくだらない稚児行列の始まりだ」

「ええっ、じゃあ深山さん、あんな小さな子供にいかがわしいことをしてきたの!?」

仰天した祥が思わずガバッと体を起こすと、とたんに不機嫌になった深山が、するわけがない、と言って乱暴に祥を抱き寄せた。

「遊んでもらうだけだと言ったではないか。だいたいわたしは大事に……、遊び相手の歳になどこだわらない。今までお山に呼んだ大事の中で、一番の年嵩《としかさ》は五十二の老爺だった」

「老爺って……あ、そうか、当時の寿命で考えればおじいさんになるのか……。じゃあ本当に、遊び相手っていうか、話し相手になってもらってたの？　本当にそれだけ？」

「……なにが言いたい」

「だって……、その、とても馴れて、いたじゃないか……」

「……なにが」

「だ…だから、あの、布団の……、その、夜……のこと……」

「ああ」

真っ赤な顔でモゴモゴと言う祥に、深山は少しいやらしい感じの微笑を向けた。

「もちろん、伽《とぎ》の相手として誘いこんだ人もたくさんいる。女も男も……な」

「そ、そうなんだ……」

「妬《や》いたか？」

「ううん、妬かないけど……少し驚いた」

「うん？」

「いや、神様にも……、その、性欲があるんだなって……」

その言葉を聞いたとたん、深山が大笑いをした。べつにおかしくないでしょうと抗議する祥に、笑って首を振りながら深山は答えた。

「性欲とはまた違う。わたしは動物ではないからな」

「……じゃあどうして、そんなことするの？」

「祥の好きな若者言葉で言えば、キモチイーから」

「そ、そうか、よかったよ、夜の相手とお大事さんはべつなんだね……っ」

耳に囁きを吹きこまれてゾクッと体をふるわせた祥は、そのまま口づけてこようとする深山の顔をぐいと押しやって尋ねた。

「それで結局、その人はどうしたの？　まさか一生、相手をさせていたわけじゃないんでしょう？」

「十分楽しんでから、里へ帰した」

「うわ……、人でなしっ」

「わたしは人ではないからな」

「そ……だけどっ」

どうにも納得できない。祥が口をとがらせると、その様子が可愛いのか、深山はククッと笑って言った。

「わたしは人ではないが、鬼でもない。伽の相手として誘いこんだ人には、ここでのすべてのことを忘れさせてから里へ戻している。その後の人生に支障はない」

「……なるほどね」

うなずいて、祥は小さく溜め息をついた。たしかに深山の、あの淫乱《いんらん》絶倫といったセックスをされたら、気が変になるか、逆に深山に溺《おぼ》れて離れられなくなるだろう。きちんと全部、忘れさせてから帰すのがその人のためだ。そしてたぶん……。

(僕も、そうなるんだな……)

そう思った。みんな祥のことをお大事さんと呼んでくれるが、自分は確実に、夜の相手としてここに連れてこられたのだ。

(だって……)

深山は言ったではないか。本当のお大事さんは遊び相手、話し相手だと。深山はお大事さんとは、肌を合わせることはないのだ。深山が自分を抱くなら、それは……。

(僕は、ただのベッドの相手だ)

祥の心が、静かに深く沈んでいった。


山中の椿が満開になった。それはもう、霧がかかっているのかと思うくらい、山全体が白く霞《かす》んでいる。祥の部屋からも、池の向こうで真っ白な花をつける椿の群れがよく見える。

その朝、うっとりとそれを眺めていた祥に、朝食の膳《ぜん》を下げにきた五葉が、そうそう、と教えてくれた。

「青松が香り椿で香を作ると申しておりましたよ」

「そうなんですか!?　え、どこで？　青葉たちが染めをやっている、あの小屋の近く？」

「いえいえ。薬殿はお池の中島のちょうど反対でございますよ。青松は香だけではなく、お薬なども合わせておりますのでねぇ」

「ああ、香もそもそもは薬として使われていたんですよね。そうなんだ、香り椿の香……、見学にいっても構わないと思いますか？」

「もちろんでございますよ。お大事さんに来ていただければ、青松も励みになると存じますよ」

「えと……、じゃあちょっとだけ」

興味津々、うずうずが抑えられなくなった祥は、五葉がお待ちくださいと止めるのも聞かず、タタッと庭に出た。出たところで両足がサアッと花弁となって散り消えて、ドサッと地に倒れこんでしまう。お大事さんっ、と五葉が小さな悲鳴をあげた。祥はギュッと唇を噛んだ。こんな仕打ちこそまさに、自分が大事にされていないことの証《あかし》に思える。悲しくて、悔しくて、祥はそれを隠すようにわざと偉そうに深山を呼ばった。

「深山さんっ、ちょっと来てっ」

この広い屋敷で、いったいどう祥の声を聞きつけるのかわからないが、ふもとの人間から神様扱いされ、山の生物からも尊敬されているらしい深山は、すぐにふらりとやってきてくれた。

「呼んだか」

「呼んだ。青松さんが香り椿のお香を作るんだって。見にいきたい、連れてって」

「ああ、もうそんな時期か」

うん、とうなずいた深山が、ひょいと祥を抱きあげる。とたんに周りの木々や枝にとまっていた鳥たちが、お山さんはお大事さんの下男みたいだ、とからかう声が聞こえた。深山はふふっと笑ったが、祥はびっくりしてしまった。

「あんなこと言われて、怒らないの？」

「怒るようなことではないだろう」

「だって、深山さん、偉いんじゃないの？」

「さて、偉くはないさ。わたしはこの山の司だから、この山にいるものたちは、言ってみればわたしの養い子のようなものだ。だから大事にしているし、みなもわたしを敬う気持ちを持ってくれる。だからといって、偉いわけではない。子より親が偉いとは思わないだろう？」

「あ……そうか、王様と家臣みたいな、変な力関係じゃなくて、親子関係に近いんだ。保護、被保護っていうか」

祥は納得した。この山自体が深山なのだから、そう考えれば、深山はこの山で生きるものすべてに、人間で言えば生活の場を与えていることになる。逆に深山にしても、動植物がそれぞれきちんと生きてくれるから自然環境が整って、豊かな山でいられるのだろう。なるほどねぇと思いながら、散歩がてらに青松の薬殿を訪ねて、香作りの作業を見せてもらった。

「うわあ、すごい。干菓子のようなものまであるね」

練香《ねりこう》や香木、印香《いんこう》だけではなく、匂い袋に塗香《ずこう》まである。香自体をクンクンと嗅ぐ祥に、深山がふっと笑って教えてくれた。

「祥、薫《た》かなければ本当の香りはわからない。わたしの部屋にいろいろとある。聞いてみるか？」

「……うんっ、聞かせてっ」

祖母がいつも着物に香を薫きしめていたし、お茶の稽古《けいこ》で香を薫いたこともあるから、少しは香に親しんでいるが、きちんと聞くのは初めてだ。祥はわくわくしながら、久しぶりに深山の居室へと運ばれた。

「聞香《もんこう》ではあれが薫けないからな……、空薫《そらだき》にしよう」

祥を茵に座らせた深山が、小声で言って、なにやら支度をする。しばらくして、丸みを帯びた優しいフォルムの織部《おりべ》の香炉を出された。手に取って聞いてみると、枯れかけた薔薇《ばら》のような、酸味を感じる甘い香りがした。次に出された香は咲き初めた瑞々《みずみず》しい春の花の香りがして、次の香は深く沈んでいくような重い甘さを感じた。

三つを聞き終えると、深山がどうも謎めいた表情で聞いてきた。

「どれが気に入った？」

「二番目」

「やはりな」

ふふふと深山は笑う。どういう意味？　と首を傾げた祥に、深山は楽しそうに教えてくれた。

「二つ目の香は、白玉椿《しらたまつばき》の香だ」

「嘘。白玉椿に香りはないよ」

「しかし、香っただろう？」

「いい香りだったけど、白玉椿の香りというわけじゃないでしょう？　イメージが白玉椿ってことじゃないの？」

「そうではない。本当に白玉椿で作った香だ。だから、聞けるものには聞ける。だが、聞けないものには一生かかっても聞けない香りだ」

「……それってもしかして……」

「そう。鼻で匂いを嗅ごうとしても嗅げないが、心で香りを聞こうとすれば聞こえる。祥がカメラに写らないものを心で見たり、人に聞こえない動物や植物の声を心で聞くのと同じ理屈だ」

「そうなんだ……」

うわあ、と祥は感動した。お山へ来て初めて、祥は、世界は美しいのだと知った。このなにもかも、誰も彼もが優しい世界で、閉じることでしか守れなかった自分の心が、少しずつ開いているのだと思った。

深山は再び白玉椿の香を薫きながら、微苦笑をして言った。

「祥は美しすぎるからな。だから、人が相手ではだめなのだろうな」

「うん……？」

「もっと祥の周りに、綺麗な人間を置くべきだったな。……悪かった」

「…なんで深山さんが謝るの？　謝ってもらう理由がないよね……」

「……」

祥は尋ねたが、深山は黙って申し訳なさそうな微苦笑を浮かべるばかりだった。

香炉を片手に持った深山が、ゆっくりと振り返って、ニヤリと笑った。

「さて、茵に香を薫きしめるか」

「じゃあ僕、五葉さんにお茶とお菓子を貰って、……うわっ、えっ!?　ちょっと深山さんっ」

子供でも掬いあげるように片腕で軽々と抱えあげられた祥は、そのまま荷物のように二間隣の深山の寝室に運びこまれ、やすやすと茵に組み敷かれてしまった。

「深山さん…っ」

「楽しみながら香を薫きしめればいい」

「ちょっとっ」

まだ昼前なのだ。こんな時間からことに及ぶなど、ただれきっているではないか。いやだ、と言って深山の胸に腕を突っ張ったが、深山はニヤニヤと笑いながらあっというまに祥の着物を剝いでしまった。

「いやだって言ってるじゃないかっ」

「なぜいやがる」

「そういう気分じゃないっ」

「すぐにそういう気分にしてやる」

「……っ」

抵抗する祥を難なく押さえつける深山は、明らかに暴れる祥を面白がっている。祥はキュッと唇を嚙んだ。どうせ深山は、抱きたいと思ったら抱くのだ。祥の気持ちなど関係なく。そう思った祥は、抵抗をやめ、体の力を抜いた。

「どうした祥。おとなしく抱かれる気になったか」

「……うん。まあね」

「よい子だ。たっぷりと可愛がってやる」

深山がいやらしく目を細める。祥は諦めたような薄い微笑を浮かべ、目を閉じた。

深山はふっと眉をひそめた。祥がおかしいと思った。どうも違う。なにかが違う。祥を、抱かれて乱れる体にしたのはたしかに深山だ。だがどれほど抱いても祥は、抱き合うその一瞬、必ず照れた素振りを見せた。体の快楽が欲しいからではなく、深山と情を重ねることに喜びを感じていることは、深山にもはっきりと伝わってくる。こんなふうに、熱さや甘さもない、投げ遣りな態度で深山に体を任せることなどなかった。

深山は祥の頬を両手に包むと、祥、と呼びかけ、まぶたを上げた祥の目をじっと覗きこんだ。

「祥。どうした？　いつもと違うな」

「……べつに、どうもしないよ……」

祥は静かに答えてすいと視線を外す。冷めた口調が深山の癇《かん》にさわった。

「どうもしないことはないだろう。なにかわたしに言いたいことがあるなら言え」

「なんにもないってば」

「素直ではないな。無理にでも言わせるぞ」

低い声で言った深山が、祥の足を抱えてすでに熱く高ぶっているものを後ろに押しつけた。祥はびくりと体をすくませた。いくら深山を受け入れることに馴れた体でも、いきなりあの大きなものをねじこまれたら怪我《けが》をする。けれどすぐに、怒りと悲しみがないまぜになった激しい気持ちが湧きあがってきて、深山を睨みあげると叩きつけるように言った。

「どうぞ、僕をいじめるならいじめればいいよっ」

「口は災いの元だぞ、祥」

なにを怒っているのかわからないが頑固な祥に、深山は軽く脅かすつもりで、グッと腰を進めた。ほぐしてもいないそこは当然、抵抗を見せる。ヒリッとした痛みが走ったが、祥は唇を噛んでそれをこらえ、頑《かたく》なに口を閉ざす。もとより祥の体を傷つけることなどできない深山は、なんだいったい、と眉を寄せると、ひょいと祥を抱き起こしてあぐらの上に乗せた。

「祥はこう責められるほうが弱いからな」

「……っ」

片手で祥の腰を抱き、もう片手で祥の前にいたずらをしかける。唇を噛んで顔を背けていた祥だが、ふっと笑った深山に胸を舐められ、とがったところをカリッと噛まれて、とうとうピクンと体を揺らしてしまった。

「…つん……ん……っ」

一度感じてしまうともう抑えられない。この小さな反応を待っていた深山に、すかさず前の感じる部分を攻められた。腰の奥がジンとして、前がドクドクと熱くなっていく。無意識に甘い声を洩らしてしまった祥は、深山の忍び笑いを耳にして、羞恥でカッとした。ぐいと深山の肩を押しやった。

「も……、いやだっ、離せっ」

「祥が素直なよい子になったら離してやろう」

「なんでも…っ、深山さんの、思いどおりに、なると思って…っ」

「さて、だいたいは思いどおりになるが……、祥だけは、どうにもならない」

「どうにか、してるじゃないか……っ、は、あ…っ」

「祥はわたしの大事だ。なにか思い煩うことがあるなら、取りのぞいてやりたいと思うだろう。それを言わない祥がいけない」

「なにがっ、大事、だよ……っ、い、や…あっ、……どうせ、僕に飽きたら、んぅっ……」

「…祥？」

「これまでの、ことなんかっ、全部なかったことに、してっ、あっぁっ…、僕をまた、一人にするくせにっ」

「……待て、祥」

深山が愛撫の手を止めた。祥は中途半端に高められた体の熱に苛立って、力なく深山の胸を叩いた。

「深山さんは僕を抱いて、気持ちよくなりたいだけでしょう!?　じゃあこんな手間暇かけてくれなくていいよっ、僕が泣こうがわめこうが気にしないで、僕の体を好きに使えばいいっ」

「……」

言いきった祥の目からぼろぼろと涙が落ちる。深山は唖然とした。なぜ祥がこんな馬鹿げたことを言うのか、まったく理解できない。自分でも骨抜きになっていると思うくらい祥には甘いし、これ以上は無理というほど大事にしているのに。深山は内心でしきりに首を傾げながらも、ひとまず涙を指先で拭ってやり、脱がせた襦袢《じゅばん》を肩にかけて、困ったように言った。

「なぜ、祥がこんなことを言うのか、わからない……。祥はわたしの大事だ。幸せにはするが、泣かせたいとは思わない」

「だからっ、大事とかっ、嘘つかないでほしいんだよ…っ」

「嘘ではない。わたしは嘘はつかない。わたしだけではなく、五葉も青葉も紅葉も、みな祥のことを大事だと認めているではないか」

「た、たしかにみんな、僕のこと、お大事さんて呼んでくれるけどっ、それ、嘘じゃないかっ」

「……どうしてそう思う？」

「だ、だって……っ、お大事さんは特別な話し相手だって…っ、だから深山さんはっ、お大事さんを抱くことはないって、言ったじゃないかっ」

またしても祥の目から涙があふれ落ちる。深山は祥の言葉を聞いて目を丸くしたが、すぐにははははと笑った。

「たしかに、お大事さんを抱いたことはないな」

「や、やっぱり……っ」

自分はお大事さん……、深山にとって、特別な人間ではなかったのだ。ただ深山に快楽を与えるだけのものだった。深山がクックッと喉を鳴らしながら口づけてくる。いやだっ、と言って祥は顔を背け、深山の顔を両手で押し戻した。

「も、もう、十分、僕の体で遊んだでしょう!? だったら僕を帰してっ、……僕はもういやだ、帰るっ」

腰に回されている腕を力任せに振りほどき、ダッと茵から下りた。祥、という深山の声も聞かず、いくつもの部屋を駆け抜けて、そのまま屋敷の外へ飛びだした。

「あ……っ」

日の光に目が眩《くら》むと同時に、白砂の敷き詰められた前庭で、両足は花となって散った。ドッと白砂に倒れた祥は、それでもはいずって逃げようとする。もう耐えられないと思った。深山に恋をしているのに、その深山に慰み者にされる自分など、もう絶対に耐えられない。泣きながら白砂をはいずると、深山の静かな声が聞こえた。

「……祥」

ふわりと体に小袖がかけられた。それにくるまれ、抱き上げられる。祥が抵抗をすると、深山が少し呆れたような口調で言った。

「体に傷がつくだろう。馬鹿なことをするものではない」

「あ、歩けなく、したのっ、深山さんじゃないかっ」

「ああ、そうだ。こんな呆れたことをするなら、今度は茵からも出られなくするぞ。部屋の中をはいずりたいか？」

「好きにすればいいよっ」

布団に連れ戻され、がっしりと深山に組み敷かれながらも、興奮した祥の口からは言葉が止まらない。

「もっと徹底的に僕のことを壊せばいいじゃないかっ、足だけじゃなく、手だって使えなくすればいいっ、深山さんに抱かれることしかできない人形にすればいいっ」

「祥、馬鹿なことを言うな。祥は本当に、わたしの大切な大事だ。なぜ自分を貶《おとし》めるようなことを言う」

「ああ、そうだねっ。みんなからお大事さんて言われて親切にしてもらって、下にも置かない扱いをしてもらって、ここに来てから毎日楽しくてっ、幸せでっ、深山さんだって優しくてっ」

「そうだ。それのどこが不満だ」

「いいえっ、不満なんかありませんっ。あんまりよくしてもらって、うっかり恋人気分になりかけていましたっ、勘違いしてすみません、すみません、すみませ…っ」

声がかすれた、と思うや涙があふれた。もう本当に自分が底なしの馬鹿に思えた。深山に押さえつけられているので、手で涙を拭うこともできない。みじめな泣き顔を見せたまま、ヒッ、と祥がしゃくり上げると、険しく寄せられていた深山の眉間《みけん》が、ふわりとほどけた。唇で祥の涙を拭ってやり、可愛らしくも鼻を赤くする祥に、ひどく甘い微笑を向けて言った。

「恋人気分、ということは、恋人だとは思ってくれなかったのか」

「ほ、本当に僕を恋人だと思ってたら、軟禁なんかしないでしょうっ」

「では恋人はやめて、わたしにとって初めての、真《まこと》の大事になるか？」

「……な、なに？　どういう、意味？」

また祥がヒクッとしゃくり上げる。深山はふふっと笑い、組み敷いていた祥を抱きかかえて体勢を入れ替えた。祥を胸に乗せ、今度は祥に見下ろされながら深山は言った。

「大事とは、わたしにとっての大事な人、つまり、お山さんの奥方という意味だ」

「……えっ!?　お、奥方!?」

「そう。残念ながら、ご苦労さまという意味はない」

当初、祥が「ご苦労さま」の方言と勘違いしていたことをからかって、目を丸くしている祥に深山は言った。

「祥はわたしの大事、わたしの奥方だ。祥は軟禁などと言ったが、自分の奥方をそばに置くことのなにが悪い？」

「で、でも……、僕のこと、ほとんど毎晩、抱いてたじゃないか……。深山さんはお大事さんは抱かないって……」

「当然だろう。話し相手として連れてきた人間を、気に入ったからといってそのまま奥方としてここに引き止めたら、かどわかしと同じだ。そうならないために、大事として呼んだ人間は抱かないようにしてきた」

「じゃあやっぱり……僕は……」

「祥は、特別だ」

深山は愛《いと》しそうに目を細め、涙の跡の残る頬をそっと撫でながら打ち明けた。

「祥のことは、出会ってからほんの数分で好きになった」

「……嘘だよっ。僕のこと、さんざん笑ったくせにっ」

「ですじゃん、やら、そうですッス、やら、な」

ククッと笑い、祥を赤面させて深山は続ける。

「祥があまりに美しくて、一目で心を奪われた。草木の声を聞き、動物や、地蔵尊の声を聞く、その美しい心に、わたしの心はたちまち囚《とら》われた」

「……あ……」

「祥もわたしに情を寄せてくれるようになって、とても嬉しく思った。わたしの大事にしたいと思った。だが、お山へ連れていこうとは思わなかった。連れて帰ったらもう、向こうの世界には戻せない。なにより、祥は向こうの世界でも幸せになれると思っていたから、連れて帰ってはいけないと自分を戒めていた」

「え……」

「それなのに、な。……わたしさえいればいいなどと、祥が求婚をするものだから。わたしに一線を越えさせたのは祥だぞ？」

「きゅ、求婚なんてっ、そ、そんな、つもりは……っ」

「なかったのか？」

「……あったかも、だけど……っ」

祥は首まで真っ赤にした。よくよく考えれば、「あなたさえいればいい、ほかにはなにもいらない」なんて、安い情歌のようではないか。深山に顔を見られたくなくて、厚い胸にぺたりと顔を押しつけると、低く笑った深山がそっと髪を撫でてくれた。

「だから、わたしも腹を決めた。祥をお山へ連れていく。祥を正真正銘の大事にする。祥の心も体もわたしのものにする。この山が愚かな目的のために開発され、木々を残らず切り倒され、獣たちが追い払われ、跡形もなく均《なら》され、消滅するまで、わたしは祥のことだけを大事にする。決して祥を離さないと決めた」

「……」

祥は燃えるほど顔を熱くした。なにしろ深山は、こんなに甘ったるい言葉を、恐ろしく真面目に言うのだ。照れてますます顔が上げられなくなった祥だが、ふと引っかかるものを覚えた。深山に出会った時、たしか言っていた……。

「深山さん……、僕と会った時、ずっと僕を待ってたって言っていたけど……」

「ああ。本当だ」

「それ……、どうして!? 僕は深山さんのことなんか、全然知らなかったのにっ」

「わたしも祥のことはずっと知らなかった」

「意味がわからないよっ、知りもしない僕のことを待ってたって、どういうこと!?」

「多喜子に泣かれたからな」

「……多喜子？」

そういえば山に入る前、神社で深山が宮司に言っていた。多喜子の末、とかなんとか……。無意識に眉を寄せて深山を見つめる祥に、深山のほうは少し遠い目をして答えた。

「多喜子は祥の母方の祖母だ。わたしが前の大祭の時に選んだ、最後の大事」

「え、え……？ 僕の、おばあさん……？」

「名前すら、聞かされていなかったか」

ひどく悲しそうに深山は微笑い、そうして語ってくれた。

「ちょうど五十年前だな。大祭の日、ふもとで遊んでいた多喜子を見た。九つだった。多喜子はまるで友達と遊ぶように山の木と言葉を交わし、森羅万象、すべてのものと心を通わせていた。わたしを見つけたほどに」

「深山さんを、って……、人間じゃない姿の……？」

「そう。素顔のわたしだ。山を覆う大気の中に、多喜子はわたしを見た。わたしに話しかけてきた。わたしがどれほど驚いたかわかるか？　真実……、心の美しい子供だった」

「だから、呼んだの？　お山に……」

「そう。多喜子はわたしを、可哀相に思ってくれたよ」

ふふふ、と深山は笑った。お山さんは独りぼっちなのですか？　こんなに広いお山で独りぼっち？　山の獣たちしかお友達がいないのですか？　お可哀相……。

「そう言って、一所懸命わたしの相手をしてくれた。このわたしに、はじきやお手玉、綾取《あやと》りを教えてくれた。蕨《わらび》や薇《ぜんまい》、木の芽、楤《たら》の芽……青梅は食べてはいけないだの、柿の実は鳥のために少し残しておかなくてはいけないだの……真剣に教えてくれた」

「誰よりも山を知ってる、お山さんを相手に……」

「それから多喜子は白玉椿がとても好きだった。あの香りをとても愛していた。本当によい子だった。だから里へ戻す時、白玉椿の種をやった。花が咲くまで多喜子の願いを叶え続けると約束をして」

それなのに、約束を違《たが》えてしまった、と深山は呟いた。

「……祖母を、幸せに、してあげられなかったの……？」

そうっと祥は尋ねた。深山は深い溜め息をこぼし、祥の頭をしっかりと抱いて答えた。

「……多喜子は、家族みんなが幸せになれますようにと願った。だからわたしは、米も野菜も豊かに実るようにしてやった。あの頃はそれで十分、豊かな暮らしが送れた」

「うん……」

「成長した多喜子もよい夫を得て、幸せな結婚をした。美しい娘も生まれた。その娘も金持ちの事業家一族の許へ嫁ぐことが決まった」

「あ……」

「多喜子は幸せそうだった。わたしは多喜子の願いを叶えたと思った。これで大丈夫だと、目を離したのがいけなかった……」

けれど多喜子は、娘の嫁ぎ先から、家格の違いを理由に親戚《しんせき》付き合いを断たれた。多喜子は娘に会うことさえ禁じられた。娘に男の子が生まれたと人づてに聞いても、もちろん会わせてはもらえなかった。それでも多喜子は、娘と孫が幸せならそれでいいと思っていた。

「……だが、実際は幸せになどなっていなかった。娘は嫁ぎ先のしきたりや家風に馴染《なじ》めず、姑《しゅうとめ》に冷たくあたられ、実の母親と会うこともできず、気苦労がたたって心も体も壊し、三つになったばかりの子を残して死んだ」

「それ……、僕の、母……」

「生まれた子さえ、父親の再婚で男の子が生まれるや粗略な扱いをされた。その父親も死んでからは、厄介払いをするように寮に放りこまれ……」

「……」

「多喜子の願いはまったく叶えられていなかった。多喜子の大切な娘も孫も、みな不幸だった。だから多喜子は泣いた。わたしがやった白玉椿はまだ咲いていない、それなのに娘も孫も人並みの幸せすら持っていない、お山さんの嘘つき……、そう言って、多喜子は泣いた」

「だから……深山さん……」

「そう。わたしが目を離した隙になにがあったのか。多喜子の末はどうなっているのか。たしかめるために、山を下りた。……六年前にな」

そうして祥の不幸せを目のあたりにした。

「だからといってこの姿で中学に入学することもできないわたしが面会に訪れることはできなかった。さりとて全寮制の学校に、親族でもないわたしが面会に訪れることはできなかった。だから祥が寮を出て、大学に上がってくるまで、あの大学で祥を待ち、見守っていた」

「そう……だったんだ……」

祥は頭がクラクラした。長い長い話だ。今自分がこうしてお山にいなければ、とうてい信じられない話だった。それに、多喜子という母方の祖母のことなど、まったく知らなかった。母がこの土地の出身だということさえ、今の今、知ったくらいだ。なにしろ物心がついた頃には、亡くなった母の話をしてはいけない雰囲気だった。

「僕は、母方の親戚のことは、なに一つ知らないんだ……祖母のことだって知らない。深山さん、祖母は？　今どうしているの？　会いたい。祖母がお大事さんだったのなら、今もふもとの村にいるんでしょう？　会わせてください」

「……無理だ。多喜子には会えない」

「どうして？　あっちの世界に帰りたいって言ってるんじゃない、ただ祖母に会ってみたいだけなんだ。話ができなくてもいい、遠くから見るだけでいい、お願い深山さん、祖母に会いたい」

「多喜子は死んだ。三年前に」

「……そんな……、じゃ、じゃあ祖父は？　伯父や伯母はいないの？　従兄弟《いとこ》とか、誰でもいい、親戚は……」

「いない。祥の祖父も五年前に死んでいる。祥には母方の親戚は、もう誰一人いない」

「……そう」

僕が生きていることを喜んでくれる人は、もうこの世にはいないんだ。……そう思った祥は、悲しいはずなのに微笑してしまった。深山が、なぜ笑う？　と眉をひそめるので、祥はふふっと笑って答えた。

「悲しいんだけど……、悲しいっていう実感が湧かないんだ。なんていうんだろう……サンタはいないって教えられた時には、すでにいないことをわかってたっていう……ああいう気持ち」

「……悪いと思っている。せめて椿の花が咲くまでは、多喜子から目を離してはいけなかった。祥の不幸せはわたしのせいだ」

「……でも今はそばにいてくれる。僕はそれだけで幸せだよ」

「当たり前だ。祥はわたしが幸せにする」

深山の言葉を聞いたとたん、祥はギクリとした。ふいに、いやな考えが頭に浮かんだ。

『祥の不幸せはわたしのせいだ』

だから、

『祥はわたしが幸せにする』

そういう論法に思える。だとしたら……。

笑顔を強ばらせた祥に、どうした、と深山が優しく尋ねてくれる。そっと髪を梳いてくる深山に、祥は怯えの混じった微笑を向けて尋ねた。

「あの……、深山さんが僕を恋人に……、お大事さんにしてくれたのは……、祖母に泣かれたから、なのかなって……」

「うん？」

「あの、違うんだ、深山さんを責めるつもりは、本当に、ないんだ……。だって、僕を幸せにすることが、祖母の最後の頼み、だったんでしょう……？」

「ああ」

「僕が……、深山さんを好きになったから……深山さんがいればいいって、僕が言ったから……、だから深山さんは、僕の幸せのために、僕をお大事さんにしたのかなって……。祖母のことがなかったら、本当は僕のことなんか……」

祥はあふれそうな涙を必死にこらえ、無理に笑おうとしている。見る者の胸が痛むような、ひどく可哀相な表情だ。そんな祥が愛しくて、たまらなく愛しくて、祥を強く抱きしめて深山は答えた。

「いくら多喜子の頼みでも、愛しいと思えぬ人を大事にはできない」

「そ…それじゃ……」

「山の司の名に賭けて、多喜子の願いは叶える。祥のことを幸せにする。だが、祥が醜い心の持ち主だったとしたら、祥自身に大事にしてくれと願われても、叶えることはできない。その代わり、醜い心に見合った幸せを与えただろう。つまり、虚飾に満ちた金や名誉や地位を」

「……ほ、本当に？　本当に深山さんは、祖母のことがなくても、僕を……？」

「わたしは嘘はつかないと、何度言わせれば気がすむ？　さっきも言っただろう。一目見て祥に心を奪われたと。たとえ祥が多喜子の末ではなかったとしても、祥と出会った瞬間に、わたしは祥に惹かれただろう」

「あ……、そ、そうなんだ……。あの……、とても、嬉しい……」

照れるよりも嬉しさがこみあげて、祥は心底幸せそうにほほえんだ。義務でもなんでもなく、祥が深山に惹かれたように、深山も自分に好意を持ってくれたのだ。祥の場合、本来は実体のない、山の大気に恋をしてしまったわけだが、それでもこの恋は間違ってはいないと祥は思った。

祥はほっと吐息を洩らし、深山の胸に頬をすりつけて、甘えながら言った。

「深山さんが、人の姿にもなれてよかった」

「うん？」

「こうして抱き合えることがとても幸せだから」

「……祥は、わたしのことが好きか？　本当に？」

「……？　うん、とても好きだよ。前にちゃんと言ったじゃないか、どうして今さら……」

ふと顔を上げて深山を見れば、なんと深山はひどく不安そうな表情を見せているのだ。ふもとの人間から山の神として崇《あが》められ、山に生きるすべてのものたちからも、お山さんとして敬われている深山が、祥というちっぽけな人間一人を怖れている。祥はおかしくなって、小さく噴きだしてしまった。

「祥……？」

「心配しなくても、僕はずっと深山さんのそばにいるよ。たとえ深山さんの目が夜になると光ろうが、猫だと思えば可愛いし」

「わたしを猫というか……」

「深山さんさえいればいいって、今も思っている。ほかにはなんにもいらない。深山さんが好きだよ。とても、とても、好きだよ」

「……そうか。よい」

安堵したのか、深山がいつもの自信にあふれた、偉そうな微笑を浮かべる。神様に向かってこんなことを思うのは不敬だが、カワイイな、と祥は思った。

祥は深山の胸に頬杖をつくと、なんとなくいやらしく背中を撫でてくる深山にお願いをした。

「僕はもう深山さんのお大事さんなんだからさ」

「なんだ」

「そろそろ足を元に戻してよ。いい加減、自分の足で庭を散歩したいよ」

「さて、どうしようか」

「深山さんっ」

怒る祥に、深山はニヤリと笑い、祥の小さな丸い尻を両手で揉《も》みながら言った。

「実を言えば、わたしは籠の鳥という祥が気に入っている」

「……はっ!?」

「わたしに抱かれなければ外も歩けない祥は、わたしの嗜虐心《しぎゃくしん》をひどく満足させる」

「ちょっと、待って、…」

「今だから言うが、本朱の間で責め抜かれ、息も絶え絶えになっていた祥の姿が、美しくて哀れで、とてもよかった。本音を言えば、あのまま朝まで眺めて楽しみたかった」

「……そ、そんなことをされたら僕は死んでいたよっ！　深山さんはサディストなの!?」

「わたしのせいで泣く祥が愛しいと言っているんだ。独占欲が強いのだろうな」

「そういうのは独占欲って言わないよっ。とにかく足！　足を元に戻してっ」

「戻してもいいが、外へ出る時は今までどおり、わたしに抱かれて出るように。約束できるなら戻してやろう」

「そんなのは横暴だよっ！」

「横暴がどうした。わたしはお山の大将だぞ」

深山は悪怯《わるび》れずにニヤリと笑うと、祥の背中をがっしりと抱き、足に足を絡めて、閉じられないようにぐっと開いた。深山の体を使って逆Yの字に拘束された祥は、ようやくのことでこの状況はまずいと悟った。

「深山さん、昼間にこういうことをするのは抵抗があるっ」

なんとか逃げようとするが、身じろぎ程度しか体を動かせない。深山はニイッと目を細め、尻の奥の、まだ堅い祥のつぼみを指先で撫でた。

「あ…っ」

「いやがる祥が快楽に堕ちていく様を見るのは、とても楽しいものだぞ」

「や、やっぱりそういう趣味が…っ、あっやっ、無理…っ、指入れないでっ」

「なにが無理だ。いつもしているではないか」

「そのままじゃ、無理っ、……いつも、みたいに、あ、油、使ってよ……っ」

「祥の願いはなんでも聞く。……青松」

「……っ!?」

この状態で深山が青松を呼んだので祥は仰天した。青松の手で抱かれる体に「調教」されたわけだから、今さら裸を見られるくらいどうということはないが、「深山と絡み合っている姿」を見せるなど羞恥の極みだ。ヒーッと内心で悲鳴をあげて逃げようとしたが、もちろん逃げられない。せめて顔は見られまいと深山の胸に押しつけると、さらさらと衣擦《きぬず》れの音がして、青松がそばに来たことが知れた。深山は平然と言った。

「青松。祥のつぼみをほぐせ」

「……っ!! いや、…っ」

信じられない深山の言葉に抗議をしようとしたが、ギュッと力を入れたが、その唇は口づけでふさがれてしまった。しっかりと頭を摑まれ、逃れられない。

「んっんっ…うっ、んんんっ」

後ろにたらりと油を垂らされた感触がした。青松の指が無防備な祥のそこを優しく撫でほぐしていく。さらに足を開かれてしまう。青松の指が無防備な祥のそこを優しく撫でほぐしていく。

「んんっ、んっ、……んぅっ、ん、んっ」

ゾクゾクと背筋に甘いふるえが走り、体が熱くなっていく。いやだと思うのにどうしても感じてしまう……、誰であろうと愛撫をされれば感じる体にされてしまっている。丁寧に丁寧に、指の腹で押し揉まれるようにされ、前もジンジン感じてくる。後ろにむず痒さを覚える頃には自然と腰が揺れて、指を欲しがってしまった。心はともかく、体は淫乱なのだと思い知らされる気分だ。

「ふぅ…んっ、んん……っ」

自分の後ろがもの欲しそうにひくついていることがわかる。青松がそっと指を一本、含ませてくる。祥の後ろは貪欲《どんよく》に指を呑みこみ、もっと快楽をよこせと締めつける。祥は呼吸をあげながらも、浅ましい自分の体にとうとう涙をこぼした。それを待っていたように、深山が口づけをほどく。ああ、と祥は泣いて、深山にすがりついた。

「…いやっ、いやだっ、深山さんじゃなくちゃいや…っ」

「そうか、願いを聞いてやろう。……青松。もうよい」

「……」

青松は祥の後ろから指を離すと、黙ってちらりと深山を見た。深山は目を細めて、声を殺して泣く祥の髪を撫でている。まったく、と青松は思った。祥にそう言わせたくて、深山がわざと自分を呼びつけたことはわかっている。なぜお山さんはお大事さんに非道なことばかりなさるのか、と、目にたっぷりと非難の気持ちを籠《こ》めて深山を睨んで、部屋を下がっていった。

深山はさらに目を細めて祥の背中をゆっくりと撫で下ろした。

「よい子だ、祥」

「こ、いうのはっ、深山、さんじゃないとっ、いやだよ…っ」

「わかった。さあ、ほら、わたしがしてやる」

「んっ……、は、あ……っ」

背中をすべっていた手が迷わずに祥の後ろに伸ばされた。油でたっぷりと濡らされたそこは、淫らにも、すでに弛み始めている。深山が薄く笑いながら指を埋めていくと、あ、あ、と小さく泣いた祥が、ギュッと深山の肩を掴んだ。深山は満足そうに口許を弛め、長く節くれだった指で、ゆっくりと後ろをほぐしていった。深山のサイズを受け入れることに馴れきった体は、すぐにとろりとほどけ、もっと圧倒的なものを欲しがり始めてしまう。祥はいくらもしないうちに焦れた声をこぼしてしまった。

「んっんっ……」

ふっと笑った深山が二本目の指をくれた。拡げられる感覚がたまらない。んん、と甘い声を聞かせれば、すぐに深山が指を動かして入口に刺激をくれる。ゾクゾクする。いじられているそこから狭間をとおって、前まで感じる。すでに硬く張り詰めた祥の前は、押しつけられた深山の腹を濡らしていた。

「んん、んん……、深山さ……」

「もっと欲しいか？」

「んっ、ま……前……」

「そこはまだ、おあずけだ」

耳朶に囁かれて祥は身もだえた。粘りのある音をともなって動く指は、もうずいぶんと祥の後ろを柔らかくしている。もっと太いものが欲しくて、祥の口からは鼻にかかったねだり声がひっきりなしに洩れた。

「は、あ……、みや、まさん……、もう、お願い……」

「では三本目をやろう」

「ちが…あ、ぅっ、うんん…っ」

「なにが違う？　祥のここは嬉しそうに呑みこんでいくぞ」

「あ、あ…あ、ん……」

深山の言葉どおり、祥の後ろは三本の指をねっとりと呑みこみ、柔らかく吸いついた。クチャクチャと出し入れされ、根元まで押しこまれたままグルリと指を回されると、入口がとろけそうなほど感じる。

「はぁ…っ、あ……あっ…んっ、あ……」

もっと太さを味わいたくて足を閉じようとしたが、深山がさせない。快楽に集中できない。祥は、くぅ、と鳥が胸を鳴らすような泣き声をこぼし、深山に体をすりつけた。

「ん、んん……深山さん、深山さん……」

「なにが欲しい」

「う、んんっ……、深山、さんが、欲しい……」

「わたしが欲しいか。ここに……」

「あっあぅ、あ…っ」

「わたしを呑みこんで……それから？　それからどうしてほしい」

「ん……、か、体、溶けるくらい、……よく、して……」

「どうすれば祥の体は溶ける。んん？　祥のどこをどうすれば、悦くて祥は泣くんだ。わたしに教えてみろ」

「そ……、そんなの、わからな……、わからなく、なるくらいっ、いつも、いい……っ」

「…そうだな。祥の体は、祥よりわたしのほうがよく知っている」

深山はおかしそうにククッと笑うと、祥の後ろからヌルリと指を抜き、くるりと体勢を入れ替えて祥を組み敷いた。祥の両膝裏を摑んで大きく足を開かせ、深山を待ちわびているそこへ、グチリと、卑猥《ひわい》な音をたててくわえこませた。

「はっ、…あっあっ……、あっ、あぁ……っ」

眉を寄せて、ひどく深山を煽る顔をして、祥が身をくねらせる。その顔を熱っぽい目で見つめながら祥の奥深くまで犯し、深山は敷布を握りしめる祥の両手を、手綱のように摑んだ。いくら深山が突き上げても、これで祥は逃げられない。深山は漆黒の目に嗜虐の光をちかりと浮かべ、薄く唇を開いて呼吸を乱す祥に言った。

「祥、声を出すなよ。この時間だ、みなに聞こえる」

「あ……、あ、待って……」

「それとも祥は見てもらいたいか？　青葉や紅葉に」

「…っ、いやだ……絶対、いや…っ」

「では、声を出すな。簡単だろう、口を閉じておけばいい」

「お…お願い、手を……」

「さあ祥、口を閉じろ」

「あっ、……ッ」

手加減もなく深山が腰を使ってきた。パン、と肉がぶつかる音がし、体ごと突き上げられる。手を摑まれている祥は衝撃を逃がすこともできない。奥の奥まで犯されて、祥は唇を嚙んで仰け反った。

「んんー……っ」

「そう。よい子だ、声を出すな」

優しい声で言いながら、また深山が祥を突き上げる。愛しているのか責めているのかわからない、サディスティックな抱き方だ。苦痛ばかりの行為に祥は涙をこぼし、やめてと頭を振る。哀れな祥の姿を存分に楽しんでいた深山は、祥がとうとう、苦しさをこらえきれずに小さな泣き声をこぼしたところで、動きを止めた。

「…つらいか？」

「…っふ……あ……、くる、し……」

「だが、わたしのことだけを考えていただろう？」

「……ん……」

「……よい子だ。さあ今度は、悦くて泣かせてやる」

腕を引っ張って祥を起こす。あぐらの上に祥を載せ、たっぷりと口づけをして、唇からあご、喉、胸へとキスを落としていった。残酷に責められたのに、祥の乳首はすでに硬くとがっている。深山は満足そうに微笑い、それを口に含んだ。じっくりと舌先で転がし、さらに硬くなったところで軽く噛む。そのままクッと引っ張って舌でなぶれば、深山をくわえこんだ祥の後ろがキュウウと締まる。

「あ…あ…、み、深山さ……」

深山の左手が祥のもう片方の胸をとらえる。親指を使ってクルクルと回されるのも弱い。腰の奥にジンと響いて、いやらしく濡れている前から、さらにトロリと蜜をこぼしてしまう。そこを、深山の右手が握った。

「んっ、んん…っ」

祥の腰が揺れる。深山の頭を抱いて、ん、ん、とひどく可愛く泣く。深山は顔を上げ、可愛い泣き顔を見ながら、祥の敏感な部分をヌルヌルと攻めた。くびれ、裏側の筋、先端の小さな穴……、ヒクッと息を詰めた祥が達しそうになると、ふと手を止めてしまう。くぅ、と泣く祥がますます可愛い。しばらく待って、また指で巧みに攻める。祥が極みを迎えそうになるとやめて……、そうして執拗に祥を追い詰めていくうちに、祥は、正気だったら絶対にこぼしはしないだろう、ねだり泣きを始めた。

「い、やぁ……、やめない、で……も、もう、いきた……いきたいぃ……お願い、お願……」

「一度果てるとあとがつらい。わかっているだろう」

「んっんっ……」

わかっている。祥が何度絶頂を迎えようと、深山が満足するまで体を離してくれることはない。祥は尻を振り、くわえこんだ深山をねっとりと締めつけながら、快楽で潤んだ瞳で深山にねだった。

「あ、あ、も…いきた……、お願い、深山さんも……、いって、いって、もう……」

「祥の願いは聞いてやりたいが……、わたしは果てることをしない」

「いい、から……、僕の中、汚して、いいから……、一緒に、いきた……」

「そうではない」

深山はいつも外で射精をしていると思っている祥が、いやらしくも可愛く、中出ししてと言う。

深山は微苦笑をして答えた。

「わたしは今はこの姿だが、人ではない。祥にわたしの生を注いだら……、祥は、人の理《ことわり》から外れることになる」

「それ以上、言うと……」

「僕は深山さんを泣かせたくないな。僕には……、深山さんしかいないし……」

「祥、祥……」

「じゃあずっと泣いて暮らす……？」

「いや。できるわけがない」

「いつか僕がいなくなっても、深山さんは、何年かで僕を忘れることができる……？」

「祥……」

「……深山さんは、僕がいなくなっても平気？」

　クククッと深山が笑う。祥は甘い吐息をこぼして深山の頭を引き寄せると、ふるえる唇で、思いを籠めて口づけをした。

「わたしは動物ではない。繁殖本能はない」

「深山さん……、浮気、しないよね……」

　体を苛む熱に大きく吐息をこぼし、祥は深山をじっと見つめた。この美しい世界で祥だけを大事にすると言った深山。決して嘘はつかない深山の言葉は、永遠の誓いだ。

「……」

「そうだな……、どこまでもわたしと往《い》くことになる。それは人には耐えられないだろう」

「……わから、ない……」

「連れていってよ……、ずっと、どこまでも……」

「……いつかわたしを厭《いと》うことがあったら……、その時は、心を壊すぞ」

「いいよ。深山さんのことしか考えられない僕にして、いい」

「……っ」

うっとりとほほえんで祥が言いきったとたん、深山の目に獰猛な光が浮かんだ。祥の腰を掴み、軽々と持ち上げて落とす。ふいに中を攻められて祥は悲鳴をあげた。

「あああっ、…深、い…っ、ああっ」

入口も、中も、存分に深山に蹂躙《じゅうりん》される。持ち上げられ、落とされ、深山の思いのままにされると、後ろだけではなく、体中を犯されている気分になってくる。同時に、自分が深山をむさぼり喰《く》っているような、倒錯的な快感に支配されていった。この男は自分のものだ、この存在は自分のためにあるのだ……、そう思えば思うほど、祥の体は深山の硬い熱に絡みつく。

「あっ…、あっあっ……も、だめ…っ、もうい…いく……っ」

「こらえるな、祥……」

「いや…っ、深山さ、お願い……っ、出してっ、僕の中に…っ、お願い、僕を……っ」

「……ああ。連れていこう」

「…んっ、あぁ……っ」

体が内側から燃えたかと思うほど熱くなった。官能という官能が沸騰する。深山に激しく抱か

れ、深山の生そのものを注ぎこまれて、祥は壊れたように続け様に達した。

山が真っ赤に燃えている。

秋。落葉樹という落葉樹が、山を飾るのは自分だとばかりに、無限の彩りを見せていた。

祥は自分の居室で、紅葉を描いていた筆を置くと、ふう、と悩ましげな溜め息をこぼした。

「どう思う？」

側縁で、いつものようにじゃれあいながら祥の作品を見ていた青葉と紅葉に、できたてほやほやの新作を見せた。二人はキラキラと目を輝かせて言った。

「とても綺麗です、お大事さんっ。犬槙《いぬまき》の実がこんな色をしていましたよ、わたしが今度、一枝お持ちしますっ」

紅葉が言うと、青葉も負けじと言った。

「わたしはこの色のような枸杞《くこ》を見ましたっ。籠にいっぱい、お持ちしますっ」

二人とも祥を喜ばせたくて、いつも大騒ぎをする。祥はありがとうと答えて、文机に頬杖をついた。側縁にたくさん広げられている画を見て、やっぱりなぁ、と思う。

(顔料も墨も、筆も紙も、百パーセント完全に天然もので、これ以上はない高級品だけど……)

元の世界にいたら、祥が使うにはもったいない道具だ。それでも、どうしても色味に不満がある。自然のものを描いているのだから、天然の顔料で十二分に表せるはずだと、頭では思うのだが、もっと激しい色、もっと柔い色もある、人工の絵の具が欲しいと思ってしまうのだ。

ふう、ともう一度溜め息をついた時、深山が五葉を従えてやってきた。

「祥。なぜわたしのところへ来ない」

「え？　呼んだ？」

「だいぶ前に、青松を呼びにいかせた」

「ああ、青松さんならさっき来たけど、僕が画を描いているのを見たら、にっこり笑っただけでなんにも言わなかったよ」

「……わたしの用事よりも祥の手遊びのほうが上だというつもりか、青松め……」

不機嫌そうになった深山が、祥の横にどかりと座る。祥はふふふっと笑うと、深山に体を向けて尋ねてやった。

「それで、わざわざこっちに来てくれるほどの、どんな用があったの？」

「ああ。……五葉」

後ろに控えていた五葉が、はい、と答えて、携えてきた小袖を次々と広げた。菊花、紅葉、月夜に薄《すすき》……、刺繍《ししゅう》も染めも鮮やかに美しい。祥のために作らせた秋の衣装だ。この屋敷には、家具や建具作り、織物、刺繍や染めに縫い物で遊ぶものたちが大勢いる。みな、職人レベルの技を持っているから、出来上がってくる品々は、向こうの世界に持っていったら、なんとか芸術賞やなんとか文化賞などが取れるほどに見事なものばかりだ。祥はふふっと笑って礼を言った。

「ありがとう。どれもとても綺麗だね」

「祥には白椿が一番似合うが、季節に合わぬ柄は不粋の極みだからな」

「深山さんて実は、すっごいオシャレだもんね」

祥がクスクスと笑うと、粋《すい》を極めた小袖をうっとりと眺めていた青葉が、キョロリと深山に視線を向けて、少し眉を寄せて言った。

「お山さん。お大事さんは、いつ帰ってしまうの？」

「祥は帰らない」

「……本当!?」

青葉と紅葉が目を丸くして、声を合わせて言う。深山はなんとも自慢そうな表情でうなずいた。

「祥はわたしの真の大事だ。だから帰らない」

「うわあ！　お大事さんは、奥のお大事さんなんだ！　ずっとここにいらっしゃるんですねっ」

「そうだ。ずっとわたしのそばにいる」

深山が答えると、また二人が声を合わせて、少女のようにキャーとはしゃいだ。祥は、奥？と不思議に思ったが、すぐに、奥様の奥か、と納得した。字義どおり、「屋敷の奥にいてめったに人前に出ない人」の「奥」だ。深山が、なんとなく目尻《めじり》を下げて、月夜の小袖を祥の肩にかけてきた。じっくりと祥を眺めて、ご満悦、といった表情を見せる。

「祥はなにを着せても似合うな。わたしの大事はどうしてこんなに美しい」

「……お誉めいただき嬉しゅうございます」

手放しで深山が誉めてくることにもう馴れてしまって、祥はいちいち恥ずかしがることもやめてしまった。ふう、と溜め息をついて手元の画に視線を落とした祥は、ふと、だめもとで頼んでみようかと思った。卑怯だと思うが、甘えてみせれば、深山もうっかりと許可をくれるかもしれない。祥は深山に真っすぐに体を向けて言った。

「お山さん」

「うん？」

祥からお山さんと呼ばれたことなどない深山が、虚《きょ》をつかれたような表情をする。祥は、どうか甘えているように見えますようにと願いながら、小首を傾げて言った。

「奥のお大事さんから、お山さんにお願いがあるのですけど」

「なんだ。わたしの大事の願いならなんでも叶える」

案の定、深山の鼻の下が伸びた。よし、と思った祥はズイと膝を進め、下から深山を見上げて、さらなる甘え顔をつくって言った。

「少し、東京に行きたい」

「……」

ぴくり、と深山の眉が寄る。祥がすかさず深山の手を握ると、うなるように深山は答えた。

「帰さないと言っているだろう」

「そうじゃない。帰るんじゃなくて、行きたいの。向こうには僕の帰る場所はないって、知っているでしょう？」

「ではなぜ東京に行きたい」

「絵の具が買いたいんだ。顔料にはない色を手元に置きたい。水彩だけじゃなくて、アクリル絵の具も使ってみたい。スケッチブックや鉛筆や……そのほかにも画の道具を見たいんだ。それでいろいろな画を描いてみたい」

「……」

「買い物くらい、行ってもいいでしょう？」

「……」

「ねえ。僕のことが大事なら、趣味くらい、好きにやらせてくれてもいいんじゃないの？」

結局祥は冷静に言ってしまった。甘え落としなど、祥には無理なのだ。だが深山は、愛らしい祥から、いつもの涼やかな祥に戻ってしまったことをがっかりするよりも、そこまでしてやりたいことができた祥に驚いた。深山はふふっとほほえんで祥に言った。

「初めての、趣味だな」

「あ……、そうだね、うん、そうかも」

「よいな。とてもよいことだ」

「じゃあ買い物に行っても……」

「……今の祥が東京に……、あちらの世界に戻ったら、これまで閉じこもっていた殻から出て、絵だけではなく、好きなことをたくさん見つけるのだろうな」

「…深山さん……？」

「そうしてあちらの世界で、存分にやりたいことをやるのだろうな。それが祥にとっての、本当の幸せなのだろうな……」

「ちょっと深山さん……」

祥は目を丸くした。なにしろ深山の表情が、祥を帰したくない、でも帰したほうが祥は幸せになれる、でも帰したくない、でも……という、ジレンマの見本のようなのだ。祥にさんざん無体を働いてここに引き止めておきながら、祥の本当の幸せのためなら、自分の奥様であろうとも帰そうと考える深山が、真実に好きだと思った。この底なしの優しさと底なしの愛情を持つ深山が好きだ。この深山に愛されて、自分は比べるもののない幸せ者だと思った。

祥はまだ悩んでいるカワイイ深山を、クスクスッと笑って言った。

「僕は深山さんのお大事さんだよ。離れるわけがないでしょう。深山さんが大好きだからね」

「祥……」

「それに、向こうの世界では、僕はとっくに行方不明者扱いされている。今さらのこのこ出ていったら大騒ぎになってしまうし、そんなことはごめんだし、だから大っぴらに向こうに行くつもりはないよ。本当に買い物したいだけ」

「……それは、わかっている。ただ、べつの意味で祥を向こうへ行かせたくない……」

「は？　べつの意味って？」

そのほかになにか問題でもあるのだろうかと祥が首を傾げると、それまでおとなしくしていた青葉と紅葉が、声を揃《そろ》えて、お山さん、心がせまーい、と深山を非難した。五葉までもが、度量が小さすぎますよ、と、わざと聞こえるように呟く。プライドの高いお山の大将は、たちまち不機嫌な表情になって言った。

「おまえたちはわたしが狭量だとでも言うのかっ。ふざけたことを言うと枯らしてしまうぞっ」

「深山さんっ」

「いいだろう、祥、東京へ連れていく。なんでも欲しいものを買え、金に糸目はつけんっ」

「いやいや、絵の具とかスケッチブックとかだからっ」

「来い、祥」

「えっ、今から!?」

ひょいと深山に抱きあげられて祥は驚いた。こちらの世界では時計が狂う、というよりも動作しないので、正確な時刻はわからないが、日の傾きから見て午後の二時か三時あたりだろう。今から東京へ向かったら、現地へ到着するのは七時頃になってしまう。

「ちょっと深山さんっ、今から東京なんて、向こうに着いたら夜になってるよっ、お店が閉まってるってっ」

「現地時間で二時半だ。買い物など余裕でできる」

「ふもとの村に行くんじゃないんだよ!?　東京の画材店にっ、…」

「東京などすぐだ」

深山は祥を抱いたままズンズンと歩き、いくつもの建物を渡り廊下を渡って通りすぎていく。あんまり祥の居室から離れすぎているので、一度も来たことのない南西の角の釣殿へやってきた。黙って運ばれていた祥は、釣殿周辺の庭を目にするや、ドキリとした。

(デジャヴ……?)

この庭を見た気がするのだ。たしかに自分はこの庭を見ている。池も遣り水の配置も、植栽も椿の植え込みも！

「み、み、深山さんっ」

「着替える。わたしの服しかないから、祥にはだいぶ大きいだろうが、それはそれで可愛いだろう」

「あのっ、ここっ、わあっ」

部屋に入ったとたん、さすがに祥を脱がし馴れている深山の手によって、祥は三秒で全裸にされてしまった。深山が手渡してくれた衣服を急いで身につけたが、二回りサイズが大きくて、ズボンなどはヒップハングも危うい。

「深山さん、これ、歩いてたら脱げそう……」

「うん？」

振り返った深山は、祥の姿を見るとブーッと噴きだした。ズボンのウエストを両手で吊っている祥は、丸きり、お父さんの服を着た子供のようだ。深山のほうはハイネックのカットソーとジーンズとジャケットをすっきりと着こなして、もうどこにでもいる大学生になっている。そこで祥は目を丸くした。

「深山さん、髪が短いっ」

「お山から外へ出る時はねぇ、こうして化けるのよ」

「口調も元に戻ってるっ」

「ほら祥、ズボンが脱げたら大変だからー」

そう言ってまたしても祥を抱きあげると、ぐるりと釣殿を回って池とは反対側へ行き、もう絶対に見たことがある玄関を開けて外に出て……。

「……嘘でしょう⁉」

なんとなく予想はしていたが、それでも驚愕《きょうがく》した。そこは深山の東京での下宿先、あの神社だったのだ。

「えっ、えっ⁉　本殿が玄関になってるの⁉」

「そう。ウチの裏口ねー。表玄関は山のふもとの社」

「じゃああれ、本当に門だったんだっ」

「そー。あの時渡った赤い橋は、俺が使う時しか架からないんでね、泥棒が入ってくる心配はないから、ウチには鍵が一切ないのー」

「泥棒ってねぇ……」

ようやく、あの時宮司が腰を抜かしたわけがわかった。「ただの言い伝えのご神橋」だと思っていたものが、現実に現れたのだ。祥が「常識」のある宮司を少し気の毒に思っていると、拝殿から母屋にずかずかと入った深山が言った。

「お山の神社が本宮で表玄関なら、東京のここは新宮で裏口なわけー。まだ国内にいくつか新宮があるから、そこへはお山から簡単に行ける。今度温泉に連れていこうか?」

「便利、ていうか、すごいね……」

「俺んとこだけじゃなくて、ほかのお山さんたちや、通称水神さんや海神さんも都内に新宮あるじゃん。あれはあの人たちの裏口だよ」

「……えっ!?」

「そ。みんな俺みたいに、地元と東京を行ったり来たりしながら遊んでるわけ。祥たちが気がつかないだけで、いわゆるカミサマ系の奴らは、結構そのへんにいるんだよ」

「本当なの……」

「俺は嘘はつかないよ」

相変わらず誰もいない母屋の中を我がもの顔で歩きながら深山は言った。

「人が自然の恵みを頼りに生きてた頃はねぇ、みんな俺たちのこと、フツーに見えてたっつーか感じてくれててさ。だから豊作でしたありがとう、とか、大漁でしたありがとう、なんつって、山や海を大事にしてくれてたのよ」

「うん……」

「で、まあ、こっちも気分いいからさ、引き続き、山や海を貸しましょう、つってさ。共存共栄よね。そうやってきてたんだけどねぇ。今はもう、あちこち開発されまくっててだめね。化学肥料だビニールハウスだ、養殖だ乱獲だで、しっちゃかめっちゃか」

「……」

「ま、人間が空を飛んじゃう時代だし、俺たちに感謝なんかしなくても生きていけるようになっちゃったからね。今じゃほとんどの人間は俺たちのことなんか考えないっしょ。考えないんだから見ない、見えない、つーことは、いないのと同じってこと」

「……悔しい？」

「いや、べつに？　なんにもしなくていいんだから楽なもんだよ」

「そう……」

それはそうだが、でもやっぱり悲しいな、と祥は思った。深山たちが自分たちの暮らしの中に普通に存在していれば、きっと今のような、どこかが歪《ゆが》んだ世界にはならなかったはずだ、と思った。

「……みんなからいないと思われてるよそのお山さんたちは、本当にそこのお山からいなくなっちゃったの？」

「いない、とゆーか、厳密にはいるけど、お山を見捨ててるね」

「見捨ててる？」

「そう。掘ったり削ったりしてお山を壊しちゃった人間が、あとからいくら杉を植えても、なかなかお山は再生しないでしょ。それ、そこのお山さんがへそ曲げて、お山に恵みをもたらさないからだよ」

「ああ……」

「お山さんに気に入られたいなら、丈夫だからって人間勝手な理由で杉なんか植えずに、下草から地味～に育てて、お山を慈しまないとね」

「そうか……大事にされているお山はとても綺麗だもんね。木の実や山菜を採らせてくれるし、水は綺麗だし、その綺麗な水は海まで豊かにするもんね」

なるほどねぇ、土着信仰とエコって、実は表裏一体なんだねと、祥は感心しきりといったふうにうなずく。そんな祥を見て、どうもいやな風向きだぞ、と深山は思った。

母屋の玄関で深山のぶかぶかの靴を履いたところで、またしても抱きあげられて、祥は焦って小さく暴れた。

「下ろしてっ、まさか僕を抱いたまま画材屋に行く気じゃないよね!?」

「まさかぁ。タクシー使うよ。お山と東京の区別はつけます」

「ああ、それはよかったよ……」

ほっとして母屋を出たとたん、それはもう、氷のような風が吹きつけてきて、祥はヒーッと体をふるわせて深山に抱きついた。

「さっ、寒いーっ！　真冬並みの寒さっ、秋の東京でこんなに寒いなんてありえないっ、異常気象!?」

「いやー……、まあ、そのねー……」

なぜか深山は答えをはぐらかす。らしくない、と奥様の勘が働いた時、おや、という声がした。深山に抱かれているという恥ずかしい状況なので、祥がビクッとして深山の胸に顔を押しつけて隠すと、また声がした。

「お山さん、大祭からお戻りですか」

「……っ!?」

「今日はまだ、大学は入学試験でお休みのはず……、お大事さんとなにかお買い物ですか」

「ちょっと……」

宮司さんだとわかったが、それよりもその言葉に驚いた。パッと宮司さんの顔を見たとたん、深山が手のひらで口をふさいでこようとする。その手を乱暴に払って、祥は宮司さんに聞いた。

「あのっ、今日は何月何日でしたっけ？」

「はい……？」

「ですから、四日でしたっけ、五日でしたっけ？」

「五日でございましょう。昨日の大祭で、お大事さんもお山へ入られたのでしょう？」

お山初体験の祥が「時差ボケ」していると思った宮司さんが、ニコニコしながら教えてくれる。

祥はぽかっと口を開けてしまった。二月五日。それは宮司さんの言ったとおり、深山と二人でお山へ行った、その翌日ということになる。

「…ふぅーん……」

祥はじっとりと深山を見た。深山はさっと視線を逸らし、そっぽを向いたままスタスタと歩きだす。祥は刺《とげ》でも生えているような口調で言った。

「お山の時間とこっちの時間て、違うんだねぇ、深山さん。もしかして、ライク・ア・竜宮城設定？」

「……っ」

「そういうこと、僕に黙ってたんだ、ふぅ～ん。教えなければ、僕がこっちに帰ること、諦めると思ったんだ？　そうでしょう？　お山さんのくせに、すっごいせこいよね。僕を騙《だま》したんだ」

「騙すなんて、そんな人聞きの悪い～」

「人じゃないくせに」

「だから〜、あっ、タクシー、タクシー！」

深山にとっての救いの神、タクシーが通りかかり、深山はやれやれとシートに乗りこんだ。銀《ぎん》座《ざ》に出て、まずはデパートで身なりを整えた。それから祥ご希望の大型文具店に移動する。祥は目をキラキラさせながら、絵の具やパレット、スケッチブックに各種鉛筆などを見て回り、欲しいものを片端から買っていった。さすが行平のお坊ちゃまといった買い物ぶりだが、支払いをする深山は気にもしない。深山は実は、自分のおかげで財産を成した氏子をたくさん抱えているので、裏口入学など楽々できるし、金自体にも不自由はしていないのだ。

巨大なショッピングバッグ二つ分の画材を買いこみ、浮き浮きと店を出る。当然荷物持ちをしている深山が、にこっと笑って祥に尋ねた。

「久しぶりの東京でしょ。もっといろいろ買い物して、お茶飲んで、食事してから帰る？」

「ううん。マンションに戻る」

「それは絶対にだめ」

それまでの甘やかしが嘘のようにきっぱりと深山が言う。祥はククと笑いながら言った。

「お山に帰りたくないって意味じゃないよ。リビングにある鉢植え。置き去りじゃ可哀相でしょう。お山に連れていこうと思って」

「……まあ……、そういうことなら」

まったくしぶしぶ、仕方がない、といったふうにうなずく深山が可愛い。祥はクスクス笑いながら流しのタクシーを止め、お山時間では八ヵ月、東京時間では一日ぶりの自宅マンションに戻った。

「草花はちょっと元気がないけど、みんな無事でよかった」

真っ先に鉢植えに水をやって、一休みをする。お山でずっと暮らしていたせいか、高いところ、地面から離れすぎているこの場所がどうも気持ち悪い。深山がどっさりと鉢植えを運びこんだ気持ちが、今ならよくわかる。

祥はゆっくりとコーヒーを飲みながら、買ってきた画材にちらりと目をやって、うーん、とちょっと考えてから、深山に言った。

「深山さん。僕、やっぱりこっちに戻って、大学で勉強したいと思うんだけど」

「……今、なんと言った？」

「え？　……え、あ、深山さん、ちょっと待ってっ」

ざわりと空気がざわめいたと思ったら、深山がすっかり「お山さん」の顔つきになっている。もちろん髪は短いし目だって光ってはいないが、怖いほどの存在感はお山さんのものだ。ちょっと落ち着いて、と慌てる祥に、深山はますます目を据わらせて、恐ろしく低い声で言った。

「こちらへ戻ると、そう言ったのか？」

「あのね、…」

「またわたしに嘘をついたのか？　こちらへ戻るために、絵の道具を買いたいなどと言って、わたしを騙したのか？」

「嘘をついても、騙してもないよ、聞いて、…」

「あの程度の仕置きでは足りなかったとみえる。気がふれるまで本朱の間に閉じこめてやろうか」

深山はニタリと、凄味のある笑みを浮かべた。以前の祥ならふるえあがっただろうが、こちらも伊達《だて》に八ヵ月もお大事さんと呼ばれていたわけではない。独占欲の塊のような「夫」に向かって、心底呆れたといったふうな溜め息をこぼすと、ソファの上に正座をして、真っすぐに深山を見つめて言った。

「お山さん。そういうところがあなたは何様なんです」

「なんだと？」

「僕たちは主従関係ではない。あなたはお山さんで、僕はあなたのお大事さんでしょう。言ってみれば夫婦です」

「……それがなんだ」

「だから、僕たちは対等の立場でしょう？　それなのにいつもあなたは、自分のことばかり考えて、僕のことは少しも考えてくれない」

「なぜそんなことを言う？　わたしはいつも祥のことを、…」

「本当に僕のことを大事に思ってくれているなら、話くらいちゃんと聞いてくれてもいいんじゃないですか」

「……」

怒った祥の冷静理屈攻めは、深山にとっては恐ろしいことの一つだ。グワッと怒りを爆発させてくれるなら喧嘩《けんか》もこの場ですむが、祥は氷室の中の氷のように、深山が反省したり謝ったりするまで、いつまででも怒りを持続させるからだ。この展開はマズイと悟った深山が、ひとまず口をつぐむと、祥はまた溜め息をついて言った。

「さっきの深山さんの話……、信仰とエコね。あれを聞いて、民俗学とか人類学に興味を持ったんだ」

「ああ、祥、…」

「だからそういうことを大学できちんと学んでみたい。できれば絵の勉強もしてみたい。そのためには、こっちで暮らすことが必要なんだ」

「……いやな予感があたった」

ふっと息をついた深山は、苦笑を浮かべると諦めたように言った。

「今の祥をこちらに連れてきたら、こちらでしかできないことをいろいろと見つけ、こちらの世界でも生き生きと生きていけると思っていた。だから、連れてきたくなかった」

「深山さん……」

「だが、多喜子との約束がある。わたしだって祥を幸せにしたい。そのためには、祥をこちらに戻すほかないことはわかっている、だがっ」

「戻すって、あのね、…」

「わたしは祥をそばから離したくない。別れて暮らすなど耐えられない……っ」

「いやいや、待ってよ、深山さん、…」

「もう……、山のみなから蔑《さげす》まれてもいい……、祥をさらって帰ろうか……、そうして一生、わたしの部屋に閉じこめて……」

「ちょ…っと、ちょっと深山さんーっ」

ザワザワ、メリメリ、という音がしたかと思うや、深山がバサーッと背中に羽を生やしたのだ。純白の天使の羽や漆黒の悪魔の羽なら、ちょっとは笑えたものを、深山のそれは巨大な隼《はやぶさ》の翼そっくりだ。超現実的で、さすがに祥もおののいた。祥を捕らえようと伸ばされた腕にも、ザワリザワリと羽根が生え始めていて、祥は尻でソファをあとじさりながら深山に言った。

「待って、待って！　なんでいきなりそんな話になるの!?　僕はずっと深山さんと一緒にいるって、…」

「ずっと？　ずっとだと？　あとほんの五十、六十年で死んでしまうくせにっ」

「ほんのって…、そんなわけないでしょう、深山さん、僕に生をくれたじゃないか。深山さんに殺されないかぎり、僕は死なないんだよ？」

「お山にいればの話だ！」

「……はい？」

「お山にはお山の理が、こちらにはこちらの理があるっ、いくらわたしでもこちらの理は曲げられぬっ」

「……つまり、僕は、こっちの世界にいる間は、ごくフツーに歳を取って、老化が進むというわけ……？」

そうっと尋ねた祥に、深山が静かに深くうなずく。うわあ、そうなのか、神様も万能じゃないんだなぁ、と驚きつつも冷静に計算をした祥は、居住まいをただすと、にこりと深山に笑いかけた。

「深山さん」

「……なんだ」

「たとえば、僕がこっちで大学を出て、進めたら院にも進んで研究を続けるとするよね」

「……」

「でも、学者になってこっちで働くつもりはないよ。学校での勉強を終えたら、お山へ帰る。幸い深山さんは日本中に裏口を持ってるし、フィールドワークをするならお山で研究を続けたほうが便利だ」

「……たしかにな」

「わかってくれた？　僕は本当に、こっちに永住する気はないよ。深山さんのそばで、深山さんと二人でずっと幸せに暮らしたい。だからお願い。大学と院だけ、行かせてほしいんだ」

「……」

静かにほほえんで言った祥を、深山はなにかを考える顔つきでじっと見つめ、おもむろにぼそりと言った。

「……後期博士課程までこちらで過ごすとなると、……二十五、二十六歳になるのか。……まだまだ可愛いな……」

「そ…んなこと、気に、する、の……？」

恐らく深山は億万年単位の年齢になるくせに、なんという小さなことを考えるのだろうと、祥は唖然としてしまった。がくりと肩の力を抜き、まだ翼を生やしている深山に、ヒューマンタイプに戻ってくださいとお願いをした。空中にひらひらと舞う数本の羽根を残して、「東京版」に戻った深山に、祥は少し眉を寄せて言った。

「深山さんは、お大事さんに年齢制限は設《もう》けてないって言ってなかったっけ？」

「そのとおりだ。だが、ただのお大事さんと、奥のお大事さんは違う。奥のお大事さんはわたしの奥方だ」

「うん、それで？」

「わたしだって自分の奥方は若いほうがいい」

「……」

ぬけぬけと、そして偉そうに言う深山に、今度こそ祥は力が抜けた。この人……いや、深山は人ではないが……、とにかく深山は、生まれてからこっち、好き放題に生きてきたせいで、お山の大将どころかガキ大将の気質が抜けていないのだと思った。

(これからは僕が、きちんと歳相応の男に躾《しつ》けないとだめだ)

たぶんそのほうが、五葉や青松も助かるだろう。祥は、もう、といったふうな息をつくと、さっきまでの怒りなど忘れ去ったようにのんびりとコーヒーをする深山に言った。

「とにかく、あと七年はこっちで暮らすからね」

「いいだろう。ただし、一つ条件がある」

そう言って、深山はニヤリと質《たち》の悪い微笑を見せた。

東京時間で二月も末になった。

「疲れた……」

マンションへ帰りついた祥は、めずらしく弱音をはいて、ベッドにどさっと倒れこんだ。

お山での八ヵ月を経て、今ようやく、自分がなにをしたいか、なにに興味を持っているのかを知り、学びたいことを見つけられた。初めて自分のために行動を起こし、初めて自分であちこちへ動いて、ようやく、日本文学科から比較文化学科へと転科するための、面倒な手続きが一段落ついたところだ。転科の願書を出すには指導講師の推薦が必要だが、極めて真面目に授業に出て、極めて優秀な成績を修めていた祥に、講師たちは満点以上の推薦状を出してくれたのだ。たとえ実家の言いなりに大学に通っていたにしても、真面目に勉強をしてきてよかったと思う。どんなことであれ、きちんと取り組んでいれば、思いもよらない時に結果が手助けしてくれるのだと思った。

「あとは来月の試験を受けるだけ」

合格する自信があるわけではないが、講師も、転科希望先の講師も、祥なら問題なく合格するだろうと言ってくれている。気を抜いているわけではないが、あまり心配もしていない。とにかくベストを尽くせばいいと思った。

このまま寝てしまいたい気分をこらえて風呂を使うと、眠気が消えた。体も気分もさっぱりとして、祥は冷蔵庫を開けて冷水ポットを取りだした。中身はお山の清水だ。日々、青葉と紅葉が新鮮な水を届けてくれる。

お山でホンモノのミネラルウォーターを飲んでいた祥は、贅沢だとは思うが、ペットボトル入りの水がプラスチック臭くて飲めなくなってしまったのだ。

そのおいしい水を飲みながら、帰りがけに貰ってきた美術予備校のパンフレットを開いた。美大受験生向けの本科コースではなく、趣味で油彩や水彩、デッサンなどを学びたい人向けの、一般コースのパンフレットだ。

「へえ……、たくさんコースがあるんだ……」

油彩、水彩、日本画、デッサンに、版画や陶芸、彫金のコースまである。どのコースも社会人向けだろうが、夜間クラスがあるのもよかった。

「デッサンと日本画は絶対勉強したいからなぁ。陶芸もやってみたいけど、いっぺんに習ったら息切れしそうだから、来年にでも……」

とにかくこちらには七年、いられるのだから、努力をすれば一通りのことは学べるはずだ。ああ、楽しみ、とドキドキしながらパンフレットを片手にベッドにもぐりこんだ時だ。

バン!! という大きな音がした。ドキーッとしてベッドから飛び起きた祥が見たものは……。

「……深山さん……」

祥はがっくりと頭を垂れた。

乱暴に開けられたクロゼットの中から現れたのは、深山だった。この近代的な部屋にまったくそぐわない、長髪、小袖のお山さんバージョンだ。なんと深山は、祥を大学へ通わせる条件として、祥の部屋に裏口を設けること、と言ったのだ。なんだそんなことか、と軽い気持ちで祥はそれを受けいれた。裏口の一つであるあの神社を頭に浮かべて、深山に貸していた客間のドアを開けるとお山につながるようになるのだろうと思ったし、それくらいならべつに困らないな、とも思ったのだ。

ところが深山は、祥の寝室のクロゼットの中に裏口を作ってしまった。理由はもちろん、扉を開ければそこは寝室、という、深山の下心を非常に満足させる設計だからだ。

「さて祥。夜の時間だ」

「ちょっと待って……っ」

パッとベッドから下りようとしたが、深山にたやすく抱き寄せられ、組み敷かれてしまう。口づけをされながら手際よく裸に剝かれてしまった祥は、膝を割られて押しつけられた深山の熱に慌てた。

「な、なんでもう、そんな、大きく…っ」

「祥を愛しいと思う証拠だ」

「いやいや、愛情表現はほかにもあるでしょうっ、ちょっとねぇっ」

「いやだは聞かない。やめても聞かない」

「でも今日は疲れてるんだよっ」

「そんなことだろうと思い、青松によい薬を作らせた」

「と、蜥蜴とか熊の胆《きも》とかなら飲まないよっ、……あっ、あ……っ」

いきなり後ろに油を塗られた。いつもはきちんと、しつこいほどに愛撫をしてくれ、祥がすっかりその気になってから、じっくりと後ろをほぐしにかかるのに、今夜の深山はなにかがおかしい……、そう思った時だ。

「あっあっ、あ…っ」

体中がざわっとした。肌を舐められ、吸われた時のあの感じが、全身で起こったようだ。ひどい緊張をしている時のように鼓動が速まり、それにともなって体中が熱くなる。

うろたえて深山を見上げると、深山はしたたるような色気を悪い微笑に混ぜ、祥の前をすうと指先で撫でた。

「あっ…あっ、あぁっ」

たったそれだけで達しそうになった。自分のそこがすっかり硬く立ち上がっていることを知って、祥はどうすることもできない快楽に目を潤ませて深山を睨んだ。

「ぼ…僕の、中にっ、なにを、塗ったの……っ」

「なに。ただの元気の出る薬だ。そろそろ中にも効いてくる」

「あ…あ、あ……っ、あっ、やっ、やだっ、深山さ…っ」

ぶるりと祥は身をふるわせた。中がジンジンするのだ。張り詰めた前が愛撫を欲しがる時のような、あのウズウズ感というかジュクジュク感を、中で感じるのだ。

「あぅっ、や、いやっ、深山さ……っ、はっ、あぁっ」

「さて、どうしてほしい？　祥の望むとおりにしてやるぞ」

「うっ…う、んん…っ」

祥は頭を振って感覚をこらえた。

こんな卑怯な手に乗せられて抱かれるなんて、絶対にいやだ。深山の腕をぎゅっと掴み、はっ、はっ、と呼吸を荒らげて刺激に耐えるが、身もだえただけで皮膚からも快感が走る。あっというまに気持ちを追い詰められた祥は、涙をにじませながら甘い責め苦を耐えている。深山は目を細めて祥の泣き顔を堪能しつつ、淫らにひくついている祥の後ろに、ぬるりと猛《たけ》ったものをこすりつけた。

「あっ、ああ…っ」

「さあ、祥。どうしてほしい？」

「う、あっ……あっあっ……、あっ、もっ……入れて…っ」

我慢のしきれなくなった祥が、とうとう言った。深山は満足そうにニヤリと笑って囁いた。

「なにを、どこに入れればいい？」

「あっあっ、そこっ…そこにっ、入れてっ、……深山さんのっ、そこに入れてっ、中こすっててぇ……っ」

「祥の願いならなんでもきく」

甘い声で言い、深山はとろけている祥の後ろに怒張したものを突き入れ、存分に祥を泣かせ、祥を犯した。

激しく濃厚な交情を終え、祥はクタクタのボロボロになってしまった。本当に指の一本も動かせない。きちんと体の始末をしてくれた深山に抱かれ、たっぷりと水も飲ませてもらった祥は、まだしつこく肌を撫でてくる深山に、厳しい声で言った。

「もうやめてっ。今度こんなことしたら、深山さんとは口利かないっ」

「そう怒るな。いつも同じような交わりでは、祥も飽きるだろう？」

「そういうことを言ってるんじゃないっ」

唇を愛撫してくる深山の指をガリッと噛み、苦笑をして手を引っ込めた深山に、プンプンしながら祥は言った。

「昨日もおとといも、その前の晩もその前もしたじゃないかっ」

「祥を愛しているからな」

「だったらもっと僕のことを考えてほしいなっ。毎晩毎晩じゃ、体がもたないよっ。どれだけきついか、深山さんも一度、抱かれてみればいいんだっ」

祥は本気でそう言ったのだが、もちろん深山は大笑いをした。

「そ、そうか…っ、そんなに、体がつらかったか…っ」

「笑い事じゃないっ。これは絶対、体験した者にしかわからないんだっ、深山さんも、…んっ」

苦情はキスで止められた。先ほどまでの激しい交情が嘘のような、優しい口づけだ。そっと抱きしめてくる深山の腕からも労《いたわ》りを感じる。祥が興奮を静めると、唇を離した深山が低い声で言った。

「悪かった。悪かった……。こちらでは一晩でも、お山では数ヵ月が経っている。その間ずっと、祥を抱きたいと思って過ごしていたからな……」

「あ……、うん……」

そうだ、時差があったんだ、と祥は思いだした。こちらにいる祥にしてみれば毎晩深山と会っていることになるが、深山にしてみれば半年以上ぶりに祥に会うのだ。きっと深山は毎日、祥に会いたいと思い、寂しい気持ちを我慢して、こちら時間で一日が経過するのを待っているのだろう。祥はふっと息をついて、深山の喉元に軽く口づけをした。

「…ごめんね。時差のこと、忘れてた」

「祥が謝ることはない。わたしの忍耐が足りないだけだ」

「でも僕は、自分だけ充実してて……、やっぱり、ごめん。深山さんの大事として、深山さんを寂しがらせたらいけないのに」

「そう言うな。祥が充実した毎日を送っていて、わたしは幸せだ」

「……でも……」

「それなら」

しょんぼりしてしまった祥に、深山は柔らかなほほえみを浮かべて提案した。

「しばらくお山へ帰らないか」

「え……」

「疲れているのだろう。お山で十分に体を休めればいい。一週間でも、一ヵ月でも、一年でも。たつぷり休んだら、またここへ戻ってくればいい」

「……うん」

素敵な提案に祥はクスクスと笑って答えた。

「お山に本宅があるって、便利だね」

「では、帰るか？」

「うん。ちなみに僕は今、足腰が立たないので」

「もちろん、抱いていく」

ニヤリと笑った深山に抱きあげられ、シュールにも、祥はクロゼットからお山へと戻った。

「ああ……、やっぱりお山は綺麗だね」

東京が夜ならお山も夜だ。澄みきった夜空に満天の星が輝いている。深呼吸をしてふと心を開放させると、夜気そのものがキラキラと輝いて見えた。緑の香り、土の香り、空の香り、花の香りがする。……なにもかもが美しい。

ふっと笑った深山が、側縁から庭へと下りてくれた。星の光が降り注ぎ、さらさらと肌をすべり落ちていく感じが心地よい。祥は深山の胸に頬を寄せ、うっとりとほほえんだ。

「この世界は、美しいよね……」

「ああ」

「でも、僕はね……、この頃、向こうの世界も美しいと思えるようになったよ」

「そうか。……今、幸せか？」

「うん」

深山と、この世界にあるものすべてを愛している。祥はしっかりとうなずいた。

「僕は今、とても幸せだ」

あとがき

わーい、こんにちは、花川戸《はなかわど》菖蒲《あやめ》です。

まずはローズキーノベルズ、創刊おめでとうございます。準備期間が短くて大変でしたね。愛情もっさり注ぎこんだこのお話を創刊ラインナップに加えていただいて、さらにはおまけペーパーまで作ってくださって、すごく嬉しいです。ありがとうございます、これからも頑張りますよーっ!!

さてローズキーさんでの記念すべき一作目ですが、掟破りのファンタジーです。しかも和風。わたくしは仕事が遅いうえに同時進行ができない不器用なため、一本書き上げたら、すぐに次のお話を考えないと締切に間に合いません。ニヤニヤしながら自分の萌えにひたる余裕がないのですが、今回の偽ファンタジーは、久しぶりに、本当に久しぶりに、これ書きたい!! というものが降ってきました。どうしても書きたくて、ファンタジーはダメ、という掟（各社とも花川戸限定かもしれませんが）を踏み倒して書いてしまいました。とはいっても、舞台は現代日本です。主人公の祥はピチピチの十八歳、お相手の深山《みやま》さんは推定二十四、二十五歳の大学生同士。初めて人を好きになった祥《さち》は、深山との恋愛が始まる予感に胸をときめかせるのですが、深山があらまぁ。なにがあらまぁなのか、どうぞ本編をお読みください。二人の恋愛模様を書くのも楽しかったのですが、祥が少しずつ気づいていく「この世界」というものを書きたかったので、そのあたりも楽しんでいただければと思います。

イラストをつけてくださった山田《やまだ》シロ先生、正統派美人の祥と、正統派エロカッコイイ深山をありがとうございました。今回のわたくしのツボは美形の双子と青松《せいしょう》さんです。可愛い、可愛いーっ!! もっと無駄に祥と絡ませればよかったとラフを拝見して歯噛みいたしました。おまけペーパーの祥と双子、先生の絵で超見たいよ!! 衣服や建物など、面倒だったと思います。素敵に描いてくださってありがとうございました。担当の松本編集長、今回はありえないほどのご迷惑をおかけして、申し訳ありませんでした。細切れで原稿を送った挙げ句、超枚数オーバー、削除部分まで見ていただいて、もうホント足を向けて寝られません。でもよい本になりましたよね？

最後にここまで読んでくださったあなたへ。今のご時勢、仕事も、仕事を探すのも、勉強を続けるのも、なにもかも大変だと思います。気がつくとアスファルトをじっと見ながら歩いてるんじゃないでしょうか。でもちょっと顔を上げれば、キラキラ光る街路樹の葉や、ビルの間から降る夕日に気がつくはずです。そしたらこんな世界も美しいって、思えるよ。綺麗な世界なら生きていけるよね。まずは深呼吸。

二〇一〇年八月

花川戸菖蒲

Rose Key NOVELS

2010年10月21日発売予定!!

サルヴァトーレの求婚（仮）

バーバラ片桐

ILLUSTRATION◆海老原由里

死が二人を分かつまで、愛し続けると誓いますか？

イタリアのマフィアの首領サルヴァトーレを、行きがかり上、観光案内することになった斎藤。もう二度と会うことはないはずだったが!?

従え!（仮）

水月真兎

ILLUSTRATION◆DUO BRAND.

俺がそう決め、おまえが受け入れた。――俺はおまえを放さない。

日本人の母を持つ故に王族として冷遇されながら、次期国王候補として頭角を現していくサイ。その傍らには常に元罪人ジンがいて―。

侯爵様の手ほどきは愛をこめて

松幸かほ

ILLUSTRATION◆水貴はすの

侯爵様×天使な侯爵の卵の、甘ずっぱいラブレッスン♥

北欧小国の侯爵家の血をひく普通の大学生・唯は、現当主の友人・サーシャに「侯爵家を継ぐ為だ」と突然レッスンを受ける事に!?

灼熱の誓約（仮）

早瀬響子

ILLUSTRATION◆有馬かつみ

俺はお前を、誰にも渡したくない……！

砂漠の国の王子ザヴィアスの寵愛を受ける瑞樹。異教徒の身である自身は彼の邪魔になると離れようとするが、ある事件が起こり!?

定価：857円+税

ローズキーノベルズ創刊フェア

豪華☆特製図書カードプレゼントのお知らせ

応募者全員サービス

ローズキーノベルズの創刊を記念して、下記イラストレーターのイラストを使用した特製図書カードの応募者全員サービスを実施します。たくさんのご応募お待ちしております♥

Ⓐ実相寺紫子先生

Ⓑ明神　翼先生

ローズキーノベルズ創刊フェア対象作品☆豪華執筆ラインナップ♥

8月刊

妃川　螢先生♥
バーバラ片桐先生♥
橘かおる先生♥
結城瑛朱先生♥

9月刊

柳まこと先生♥
花川戸菖蒲先生♥
杏野朝水先生♥
水島　忍先生♥

【応募方法】

A又は**B**の**希望カード1種類**につき、帯折り返しにある**応募用紙2枚**（コピー不可・必要事項を記入）を切り取り、**1000円分の無記名郵便定額小為替**（発行日から1ヵ月以内のもの・為替は1枚でご購入頂けます）を同封してお申込みください。

Ⓐ実相寺紫子先生　Ⓑ明神　翼先生

※不備があった際にご連絡しますので、電話かメールアドレスをご記入ください。

※ご記入頂きました項目は、図書カード発送以外の目的では使用はいたしません。

◆対象商品◆
2010年8月・9月発売のローズキーノベルズ

◆応募〆切◆**2010年11月25日（木）**

◆発送予定◆**2011年1月下旬**

【応募宛先】　〒162-0814
東京都新宿区新小川町8−7
（株）ブライト出版
ローズキーノベルズ編集部
図書カード応募者全員プレゼント 係

NOVELS

ローズキーノベルズをお買い上げいただきましてありがとうございます。
この本を読んだご意見、ご感想をお寄せ下さい。

〒162-0814
東京都新宿区新小川町8−7
㈱ブライト出版　ローズキーノベルズ編集部

「花川戸菖蒲先生」係　／　「山田シロ先生」係

幾億万の歳の差も

2010年9月30日　初版発行

‡著者‡
花川戸菖蒲

‡発行人‡
柏木浩樹

‡発行元‡
株式会社　ブライト出版
〒 162-0813　東京都新宿区東五軒町3−6

‡Tel‡
03-5225-9621
(営業)

‡HP‡
http://www.brite.co.jp

‡印刷所‡
株式会社誠晃印刷

ISBN978-4-86123-440-8 C0293　Printed in JAPAN